www.tredition.de

AF202192

Ruben Wieland

Die Chroniken
der Magier

Der Anfang vom Ende

www.tredition.de

© 2020 Ruben Wieland

Verlag & Druck: tredition GmbH, Halenreie 40-44, 22359 Hamburg

ISBN
Paperback: 978-3-347-02370-3
Hardcover: 978-3-347-02371-0
e-Book: 978-3-347-02372-7

PROLOG

Es war eine eiskalte Nacht. Der Regen prasselte auf das Dach des Hauses und ließ die Erde zittern. Die letzten Fackelscheine kämpften im Inneren des Hauses, bis auch sie zischend erloschen und der Hof in stille Dunkelheit getaucht wurde.

Von Angst gefangen versteckte er sich in seinem Zimmer und weinte. Wie Donner stampfte die Gestalt langsam in seine Richtung, und riss die Tür aus den Scharnieren. Wie Feuer strahlte sie in das Innere des Raumes, und lief auf den kreischenden Jungen zu. Bis an die Zähne mit Waffen bepackt, hob das Wesen die Hand und fing lauthals an zu lachen, als es mit der verschollenen Macht dem Jungen die Luft abschnürte.

Nach Luft keuchend versuchte er sich zu befreien, doch die Macht war zu Stark. Es hätte nicht mehr lange gedauert und er wäre qualvoll erstickt.

Doch wie aus dem Nichts schnellte ein Degen aus der Dunkelheit und schlug dem Wesen auf die schuppige Klaue. Die Schmelze schoss in Sekundenschnelle aus der Pranke, und floss den Arm entlang in die Rüstung des Ungeheuers. Das Wesen drehte sich nicht zu Lerdo um, sondern starrte weiter auf den weinenden Jungen und Lachte hämisch. Doch von dem ließ sich Lerdo nicht behindern. Immer und immer wieder schlug er auf die zerfetzte Pranke. Doch das Wesen hörte nicht damit auf, dem bereits bewusstlosen Jungen die Luft abzuschnüren.

Verzweifelt ließ Lerdo seinen Degen auf die Pranke des Monsters dreschen, bis der Junge anfing blau anzulaufen. Und als könnte es nicht schlimmer werden, öffnete er seine Augen und schrie furchtbar vor Schmerzen. Das Wesen ließ die Hand sinken und der Junge fiel tot zu Boden. Das Monster dreht sich langsam um.

„Praag bês lü waldáá", lachte das Wesen und stach Lerdo mit der rechten Klaue in das linke Auge, das unter seinen Schreien blutend anfing zu wachsen und nach wenigen Sekunden explodierte. Eine riesige Wunde durchzog Lerdos blutendes Gesicht und das Wesen verschwand lachend in der Dunkelheit.

Lerdo wusste, dass er nicht mehr lange überleben würde und kroch stöhnend zu dem toten Jungen hinüber. Einen Versuch wollte er riskieren und legte seine Hand auf die schwarzen Haare des zweijährigen. „Pia vandeló", sagte er mit letzter Kraft und starb.

Einige Minuten lagen beide tot am Boden. Plötzlich öffnete der Junge die Augen und seine Haut gewann langsam wieder natürliche Farbe. Ohne Schmerzen griff er sich an seinen kleinen Gürtel und spürte etwas Metallenes daran hängen.

Lerdos Degen.

KALTBLÜTIGER MORD

Es war früher Morgen. Luke Björnsson spähte, wie er es schon so oft tat, stundenlang aus seinem Zimmerfenster und stellte sich vor, wie es wohl hinter den Bergen aussah. Die Städte und anderen Dörfer dort wollte er im Laufe seines Lebens einmal besuchen und das gesamte Land Idea mit dem riesigen Wald Semera erkunden. Ein leichter Windstoß glitt um sein Gesicht. Mit diesem Lüftchen sollte sein Leben verändert werden.

Luke war der einzige Sohn seines Vaters, welcher der Herrscher über das Volk in welchem Luke lebte, war. Aber trotzdem war Luke nicht der bevorstehende Nachfolger seines Vaters. Er war mit seinen 16 Jahren noch zu jung. In seinem Volk musste man über dreißig Jahre sein, um das Amt des Herrschers zu übernehmen. Und wenn Luke alt genug war, wäre sein Vater schon seit vielen Jahren tot. Deshalb würde Luis, ein Freund von Eirik im Falle eines Falles das Amt des Herrschers übernehmen.

Es war seit jeher Lukes größter Wunsch, einmal jenseits des Gebirges zu wandern und ein Abenteuer zu erleben.

Genauso wie es der große Held seines Dorfes einst gemacht hatte, Björn. Luke versank förmlich in seinen Gedanken bis ihn ein Schrei wie ein Blitz herausriss. Luke erschrak und flog rückwärts genau in die Arme seiner Mutter.

Katla war eine schöne und starke Frau und ihre roten Haare passten perfekt zu ihrem orangen Kleid, das vollkommen glatt und rein gepflegt war. Kurz gesagt, das komplette Gegenteil von Luke, der in seiner Bauernhose und den schwarzen verwuschelten Haaren aussah wie ein Sumpfkobold. Ein weißes, wolliges T-Shirt befand sich unter seiner Jacke aus Pferdeleder und an den Füßen trug er watscheligen Sandalen. Seine fast schwarzen, dunkelbraune Augen blitzten im Licht der umstehenden Kerzen bedrohlich auf als er sich wieder zurück gegen die Wand lehnte.

„Was machst du denn schon wieder?", fragte Katla mit einer verstörenden Mine, die Luke gruselig fand. Um das Thema zu wechseln, fragte Luke: „Was war das für ein Geschrei?"

„Ich weiß es nicht, aber wir sollten nachschauen." Katla ging mit ihm nach draußen in den Hof des Hauses. Der staubige Boden aus Stein wurde unter ihren schnellen Schritten zu kleinen Rauchwolken aufgewirbelt, die durch die Luft glitten. „Ich glaub", behauptete Luke, „das Geschrei kam von dort."

Er zeigte auf das kleine Gebäude neben dem Haus von Kugi, dem Schäfer. Dort war das halbe Dorf versammelt und drängte sich um einen Mann, der am Boden lag.

Luke stockte der Atem. Mit schäumendem Mund lag die Leiche von Kugi neben dessen Hauses und richtete weinende Gesichter bei den Dorfbewohnern an. Luke merkte, wie der Zorn in Katla stieg, bis sie sich nicht mehr beherrschen konnte und voller Wut schrie: „Das war jetzt der dritte Tote in dieser Woche. Ich will wissen, wer bei Björns Schwert hier der Mörder ist!"

„Das waren die Seelen!", rief Max.

„Sie wollen uns töten!", schnauzte Clare.

„Mein liebes Volk!", rief Katla dann in einem doch noch beruhigenden Ton in die Menge. „Es gibt keine Seelen oder Geister, sondern nur einen kaltblütigen Mörder, der es auf unser Volk abgesehen hat. Und ich kann euch versichern, dass ich keine Ruhe geben werde, bis dieser Mörder gefangen und aufgehängt wird."

Ein Jubel ging durch die Menge. Inzwischen standen schon die gesamten Bewohner des Dorfes an dem Platz, wo der Heiler sich gerade an der Leiche von Kugi zu schaffen machte.

Wie immer, wenn jemand starb, musste man mit der Leiche zum Rat des Tales wandern, um dort die Todesursache und viele weitere Dinge zu klären. Eigentlich fand Luke diese Sache totlangweilig, doch diesmal freute er sich darauf. Denn als vor zwei Tagen Bruno, der Schweinehirt, ertränkt in seinem Brunnen aufgefunden worden war, gingen Katla, Luke, und sein Vater Eirik ebenfalls zum Rat in das Haus der Gerstenssons.

Nachdem sich Luke dort neben dem Kornspeicher niedergelassen hatte, begegnete er einem hübschen Mädchen. Sie war wie er sechzehn Jahre alt. Ihr Name war Sarah und hatte langes blondes Haar. Als er sie zum ersten Mal gesehen hatte, hatte sie ein wundervolles Kleid aus schwarzer Seide getragen, dass ihrer schlanken Figur sehr geschmeichelt hatte.

Sie war, so wie Luke, das Kind des Oberhauptes ihres Volkes. Sie hatte sich zu ihm gesetzt und die beiden hatten gelacht und geredet; den ganzen Tag bis Luke mit seinen Eltern wieder heimwärts musste.

Es war sehr früh am nächsten Morgen als Luke mit seiner Familie am Haus der Gerstenssons ankam. Sie begaben sich direkt in die große Halle des Rates und sprachen ihr Leid aus. Auch Kugis Frau, Lasira, war anwesend und stand weinend nahe am Leichnam ihres Mannes in einer Ecke. Während die Ratsversammlung stattfand, lief Luke quer über den Hof und rief dabei Sarahs Namen. Er musste nicht lange warten, da sah er Sarah auf ihn zulaufen und errötete zu einer Tomate. Sie rief im erfreut zu: „Luke du bist wieder hier!" Dabei schaute sie ihm direkt in die Augen und fragte dann leise: „Was führt dich den schon wieder hierher?"

Luke schluckte leer durch. Erst dann konnte er antworten. „Kugi ist gestorben", sagte er. Sie schaute ihn erstaunt an, und fragte, ob er denn krank gewesen sei. „Nein, ich glaube nicht", antwortete Luke. „Aber wieso ist er dann tot?", frage Sarah flüsternd.

Luke erklärte ihr, dass Kugi neben seiner Hütte tot aufgefunden worden war. „Was!!!", schrie Sarah erschrocken. „Schon wieder ein Mord! Weißt du wer ihn umgebracht hat?" „Das waren die Seelen", behauptete Luke. Nun musste Sarah lachen: „Ich glaube du fantasierst, Luke. Nie im Leben würden die Seelen bis ins Tal herunterkommen. Es weiß doch jeder, dass die Biester nur im Gebirge leben."

Mitten in ihrer Unterhaltung wurden die beiden unterbrochen. Es war Luks Mutter Katla, die auf sie zu lief. Offenbar hatte sie schon nach Luke gesucht. „Ach, da bist du ja. Ich habe dich schon überall gesucht." Luke schaute sie überrascht an. Nach einer Weile des Schweigens, fasste Luke wieder das Wort. „Wieso hast du denn nach mir gesucht?", fragte er seine Mutter. „Naja, ich will nicht, dass du auch noch stirbst", antwortete Katla. „Randolf Gerstensson hat uns angeboten, dass du hier bei ihm bleiben kannst, bis wir den Mörder entlarvt und dingfest gemacht haben. Aber natürlich nur, wenn du das willst?"

Luke schaute sich um und starrte Sarah an.

Sie erwiderte seinen Blick etwas verwundert und nickte ihm dann zu. Er drehte sich wieder zu seiner Mutter und sprach sehr freudig: „Ja klar! Ich würde sehr gerne bei den Gerstenssons bleiben". „Und dir macht das wirklich nichts aus?", fragte Katla besorgt. „Nein, nein! Das ist wirklich kein Problem".

Seine Mutter lächelte ihn stolz an. Dann sagte sie im Lebewohl, während ihr Tränen übers Gesicht liefen. „Na dann Auf Wiedersehen, mein Kind."

Mutter und Sohn umarmten sich. Kurz darauf ritten Katla und Eirik in Richtung Haus der Björnssens davon.

Die Tage vergingen schnell. Luke und Sarah erzählten sich in dieser Zeit gegenseitig von ihren Wünschen. Verwundert stellte Luke fest, dass Sarah seine Wünsche teilte. Und sie hatten einen Plan, wie sie das perfekte Abenteuer erleben könnten.

Sie wollten noch am selben Abend aufbrechen und das Seelen Gebirge besteigen.

Luke packte einen Rucksack mit etwas Proviant und seinem Lieblingsmesser. Als Sarah das Messer sah, musste sie lachen. „Was ist denn so witzig?", fragte Luke. „Na das mickrige Messer", spottete Sarah. „Kuck dir doch mal meins an!" Und dann holte sie ein großes, schönes Schwert aus ihrer Tasche. „Wenn du willst, schenk ich es dir. Mir ist es eh viel zu groß." „Was wirklich?", staunte Luke. Dann nahm er das Schwert dankend an sich und gab Sarah dafür das Messer, das er eingepackt hatte. Die beiden machten sich fertig, zogen sich warm an und verließen im Einbruch der Dunkelheit durch die Hintertür das Haus der Gerstenssons. Sie zündeten Fackeln an und machten sich auf den Weg Richtung Seelen Gebirge.

Der Aufstieg war anstrengend und hart. Sarah wäre einmal fast in eine Schlucht gefallen, wenn sie sich nicht an einem Ast festgehalten hätte, als sie auf dem steilen Weg ausrutschte.

Nachdem die beiden schon eine ganze Weile unterwegs waren, fanden sie ein flaches Plätzchen auf dem sie beschlossen, die weitere Nacht zu verbringen.

Sie sammelten Hölzer, entfachten ein Lagerfeuer und legten sich daneben, um zu schlafen. Sie waren noch nicht lange eingeschlafen, als ein knackendes Geräusch aus einem Gebüsch sie aufweckte.

Sarah sprang auf und klammerte sich an Luke, der gerade das Schwert gezückt hatte und dabei ein paar Tritte nach hinten fiel. Das Feuer war erloschen und man konnte kaum die Hand vor Augen sehen. Luke flüsterte in ängstlichem Ton: „Was...ähm...war das?"

Vorerst bekam er keine Antwort. „Hallo! Sarah bist du noch hier?" „Da ist irgendwas an meinem Knie", war ihre zittrige Antwort. Sie hörten noch etwas knacken und dabei erschrak Sarah so sehr, dass sie sich einen Aufschrei nicht verkneifen konnte.

Luke konnte nichts sehen. Er hörte aber ein leises Fauchen, welches nicht einmal einen Meter vor ihm zu sein schien. Er dachte, dass es jetzt mit ihm und Sarah geschehen wäre. Er konnte nichts sehen. Doch plötzlich kam der Mond hinter der Wolkendecke hervor und tauchte den Schlafplatz in ein unheimliches Licht.

Darin erkannte Luke die Umrisse von drei Gestalten. Die Seelen.

Luke erstarrte. Vor sich sah er drei Knochengestalten, die von Umhängen eingehüllt waren. Sie schwebten ohne Beine knapp über dem Boden und waren mindestens zwei Köpfe kleiner als Luke. In einer Hand trugen sie Sensen.

Eine der Gestalten hob ihren freien Arm und beförderte Luke mit einem Schlag neben Sarah auf den Boden. Luke richtete sich mit einem Schmerz verzerrten Blick wieder auf, bückte sich unter mehreren Sensenhieben hinweg und schlug dann mit seinem Schwert der Gestalt geschickt den Kopf ab. Blut spritzte und der Knochenschädel viel zu Boden. Er kullerte über die Böschung und fiel dann mit fürchterlichem Getöse in die Schlucht hinunter.

Nun stand auch Sarah vom Boden auf und zückte ihr Messer. An Lukes Seite kämpfte sie nun gegen die anderen beiden Geisterwesen. Schließlich gelang es ihnen auch diesen den Kopf abzuschlagen. Nach einer geschätzten halben Stunde standen beiden Abenteurer mit angesengten Kleidern am Rande der Schlucht.

Sie strahlten einander an und machten sich, ohne weiter zu schlafen oder etwas zu essen, humpelnd auf den Weg zurück ins Tal.

Im Haus der Gerstens versorgten sie ihre Wunden mit einer heilenden Creme. Sie waren gerade noch rechtzeitig angekommen um in ihre Zimmer zu schleichen bevor jemand ihre Abwesenheit bemerkt hatte. Dann saßen die zwei Freunde vor dem Ofen im Haus. Keiner von beiden traute sich ein Wort zu sagen. Sie starten nur Starr auf den Tanz des Feuers im Kamins.

Es dauerte eine gefühlte Ewigkeit bis Luke endlich die stille durchbrach und vorschlug einen neuen Versuch zu starten das Seelengebirge zu durchkämpfen. Sie beschlossen so weiter zu machen, wie es jeder Held gemacht hätte. Deshalb verließen sie zwei Tage später, gegen Mitternacht abermals das schützende Haus, und wanderten, ohne eine längere Rast einzulegen, über das Seelen Gebirge.

Es war ein schwieriger und langer Weg ins Unbekannte. Nach meist nur wenigen Stunden Schlaf des Nachts und langen Märschen unter Tags, gelang es ihnen unterwegs, das eine oder andere Tier zu erlegen und halbwegs munter durch das Gebirge zu kommen.

Trotz mehrerer Verletzungen, die sie sich auf der Wanderung zugezogen hatten, und Schmerzen am ganzen Körper, gelangten sie sechs Tage später in ein Tal.

Das Tal der Seelen.

ALTE LEGENDEN

Luke und Sarah gelangten zu einem Haus. Augenscheinlich sah es so aus, als ob gerade niemand zu Hause war. Sie stiegen in das Haus ein und durchstöberten die Küche verzweifelt nach etwas Essbarem. Aber vergeblich. Hier lagen nur blutige Hautfetzen und so manch angeknabberter Knochen herum. „Hier sieht es ja aus wie beim Schweinemetzger", fluchte Sarah in einem verzweifelten Ton. „Also ich glaub nicht, dass das Schweine waren." Mit diesen Worten zeigte Luke zittrig auf einen Haufen Knochen, die man eindeutig einem Menschen zuordnen konnte. Sarah wollte gerade die nächste Gruselstory erzählen, doch im selben Moment wurde die Tür aufgerissen und die beiden sahen ein bekanntes Gesicht im Rahmen, Kugi.

Sarah schreckte mit einem Aufschrei zurück. Doch Luke blieb wie angewurzelt stehen und schaute mit zusammengekniffenen Augen in Richtung des ihm bekannten Gesichtes.

Doch dieses Gesicht hatte leeren Augenhöhlen. „Kkkkkkugi?"

Luke stotterte ängstlich: „Bist du das? Du siehst aus wie eines von diesen Schreckgespenstern." „Naja, ehrlich gesagt bin ich auch eins."

Kugi schaute sie schüchtern an. Luke wusste, dass Kugi ein schüchterner Kerl war, aber so schüchtern hat selbst Luke ihn noch nie gesehen. „Aber Kugi, ich dachte du bist tot", sprach Luke drauflos. „Irgendwie schon, aber irgendwie auch nicht", sagte Kugi „Aber das soll euch Oraklia erklären.

„Oraklia?", fragte Sarah mit überraschtem Gesicht. Doch Kugi hörte ihr gar nicht zu, sondern ging mit Luke an seiner Seite in geduckter Haltung zum Hinterausgang. Luke bemerkte, dass Sarah es sehr gruselig fand mit einer Leiche im Schlepptau über einen Marktplatz der Verdammten zu spazieren.

Kugi führte sie in ein großes Haus, in dem er sie in den Dachboden sperrte und als letzte Worte sie ermahnte Oraklia immer beim Vornamen anzusprechen.

Sarah wollte noch nachfragen, doch Kugi hatte die Tür bereits zugemacht und von außen abgeschlossen.

Luke schaute gebannt auf eine in Hexenkleidung eingewickelte Skelettdame, die wie tot auf einem Holzstuhl saß. Sarah wäre innerlich vor Angst fast gestorben, doch äußerlich ließ sie sich nichts anmerken. In typischem Frauenton fragte sie ohne nachzudenken: „Oraklia?"

Mit diesen Worten kam Wind auf und in den bis jetzt leeren Augenhöhlen blitzte ein blutrotes Leuchten. Ohne den Mund aufzumachen, fragte die Gestalt in hohem Ton: „Was ist eure Frage?"

Luke gab sich einen Ruck und sprach dann: „Wir wollen wissen was damals geschehen ist."

„Wann damals?", fragte das angebliche Orakel. Der Junge wollte gerade antworten, doch Sarah sprach schon: „Wir wollen wissen, was damals mit den Helden Björn und Gersten geschehen ist."

„Björn und Gersten, die Helden eures Tals? Die beiden waren nicht immer Helden.

Früher waren sie nur einfache Bauern, die wussten wie man mit einem Schwert umgeht.

Doch eines Tages schafften die beiden es, den Halauhju Berg zu bezwingen. Sie wurden gelobt und gefeiert. Doch zu jenen Zeiten gab es auch noch ein drittes Haus und zwar das Haus der Thornssons. Mit ihrem Anführer Thorn. Er verspürte solchen Neid auf Björn und Gerstens Anerkennung, dass ihn das Böse verschlungen hatte. Und er überall als Mazzuca -Herrscher der Seelen - bekannt wurde.

Er wollte die beiden töten und startete mitten in der Nacht einen Angriff auf Björn und Gersten. Gersten brach er vor Björns Augen das Genick und zerriss ihn dann in Hunderte Stücke. Björn wurde so wütend, dass er es nach mehreren Tagen Kampf schaffte, Mazzuca zu besiegen und in die Welt der Fabelwesen zu verbannen. Dabei wurde er selbst aber tödlich verletzt und starb wenige Minuten, nachdem er den Bann ausgeführt hatte. So sagen es die alten Legenden.

Die Seelen versuchen Mazzuca wieder auferstehen zu lassen. Und das geht nur, wenn ein wahrer Nachfahre von Thorn das Tal der Seelen betritt.

„Luke!"

Sie zeigte mit ihrem skelettierten Zeigefinger auf Luke und sagte dann: „Luke Björnsson. In Wahrheit ist dein Namen Lerdo Thornsson. Und wenn du nichts unternimmst wird Thorn bald wieder auferstehen.

Nur das Schwert, das Ihn schon einmal verbannt hat, kann es auch wiederholen. Du brauchst das Schwert von Björn und musst verhindern das Mazzuca noch einmal aufersteht."

Mit diesen Worten erlosch das Licht in Oraklias Augen.

Luce und Sarah rüttelten ein paar Mal an der Falltür im Boden bis sie knirschend aufflog, darauf gingen wieder hinunter in den Hof vom Tal der Seelen. Luke rief laut Kugis Namen. „Bist du verrückt!", schnauzte Sarah ihn an. Doch sie konnte nicht weiterreden, denn da kamen sie schon von allen Seiten. Die Seelen.

BJÖRNS SCHWERT

Sie rannten so schnell es ihre müden Beine und ausgekühlten Lungen zuließen den steilen Hang hinunter. Dieses waghalsige Tempo ließ Luke immer schneller werden, bis er schließlich aus dem Gleichgewicht kam, lauthals schreiend zu Boden fiel und den kantigen Felsen entlang hinunter weiter purzelte. Sarah versuchte ihn einzuholen, was jedoch unnötig war, denn er verhedderte sich in einem großen Dornenbusch und strampelte blind vor Schmerz umher. Mit viel Kraft schaffte Sarah es, Luke aus dem Busch zu befreien.

Da bröckelte auf einmal der Boden ab und die beiden hechtete zur Seite, während der steinerne Grund ein tiefes Loch freigab. Plötzlich wurde wütendes Kampfgeschrei hörbar und in der Ferne sah man ein Duzend, bis an die Zähne bewaffnete Skelette, die sich dann als Seelen herausstellten und in ihre Richtung stürmten. Ohne lang zu überlegen kletterten die beiden in einen dunklen Schacht.

Sie liefen den Tunnel entlang bis ihre Füße nur noch knapp über den Boden schleiften.

Hinter ihnen fiel der Gang bereits in sich zusammen. Auf einmal wurde es immer Dunkler und sie sahen ihre rußverschmierten Handflächen vor Augen nicht mehr. In dieser Dunkelheit kämpften sie sich Stück für Stück durch die Mauern der Angst vor dem Unbekannten. Plötzlich krachten sie mit Wucht gegen eine harte Steinwand, die, wie sich herausstellte, von Menschenhand geschaffen worden war. Langsam tasteten Luke und Sarah den Felsen ab und entdeckten zu ihrem Glück einen winzigen Riss in der Wand. Mit großer Mühe schafften sie es, den Spalt zu vergrößern und sich geschwind hindurch zu zwingen.

Sie gelangten in einen gewaltigen Raum, der über und über mit Gold verziert war. Sarah staunte „Boa, ist das krass! So etwas Tolles, wie diese riesige Goldkammer, habe ich ja noch nie gesehen!"

„Stimmt, aber doch frage ich mich, ob es eine gute Idee war, in diesen verdammten Schlund da einfach hereinzuklettern?", erwiderte Luke. „Aber

Luke, nun versteh doch, wir hatten keine andere Möglichkeit", widersprach Sarah. So ging es noch eine Weile weiter, bis einer von den Beiden neben dem ganzen Gold auch noch die restliche Umgebung wahrnahm. Sie schlichen sich langsam in die Richtung, aus der ein noch helles Leuchten drang. Luke und Sarah erkannten die Umrisse eines prächtigen, mit Gold verzierten Sarges. In seiner Nähe stand eine große Statue, welche leise Worte flüsterte:

„Nur wer das Rätsel des Björns löst, wird das Unheil überstehen".

Damit verstummte die Statue wieder.

Sarah fragte sich, von welchem Unheil hier die Rede sein sollte. Mit diesen verspotteten Gedanken, nahm sie Luke sein vor Schreck gezücktes Schwert aus der Hand und hebelte damit den Deckel des Sarges auf, den sie sogleich zur Seite schob.

Da kamen auf einmal von allen Seiten Seelen durch die Wände auf sie zugeflogen. „Wie lange haben wir gewartet, dass du dummer Eindringling dich hierherwagst und uns befreist! Jetzt sind wir frei! Du hast keine Ahnung, was du da angestellt hast, Luke Thornsson!!"

Da hechtete Luke in die Richtung des steinernen Sargs und erblickte ein wunderbares Schwert, aus dessen mit Diamanten verzierten Ebenholzknauf eine prächtige aus Silber gegossene Klinge hervorragte. Er lehnte sich ein Stück vor, griff nach ihm und schwang es durch die stickige Luft. Es fühlte sich zwischen seinen Fingern seltsam vertraut an, sodass Luke geschmeidig damit umgehen konnte.

Er enthauptete eine um die anderen Seelen damit. Nachdem er allen Seelen geköpft hatte, zerstückelte er jede einzelne.

Dies erschreckte Sarah so sehr, dass sie so ängstlich wie noch nie schreiend vor Luke zurückwich. „Deine Augen, sie Leuchten!" stellte sie Ängstlich fest. Luke schaute sie verwirrt an und blinzelte einige Male. „Ich könnte schwören, dass deine gesamten Augen auf einmal Blutrot waren" erklärte sie verwirrt.

Luke, der total fasziniert über seine neuen Fähigkeiten war, die ihm offensichtlich das Schwert verliehen hatte, spottete: „Was 'n los

Sarah? Sonst bist ja nicht so ängstlich!" Sie widersprach „Tu nicht so, du weißt ganz genau, dass ich nie Angst habe! Aber du machst mir jetzt Angst!" „Ach komm schon", rief Luke, „nimm 's doch nicht persönlich." Sie wandte sich ohne weiter Worte von ihm ab.

Langsam aber bedächtig, jeder ein Schwert in der rechten und eine Fackel in der Linken, welche sie von der Wand genommen hatten, näherten sie sich dem Sarg auf dessen Frontseite. Ihnen fiel durch das Fackellicht ein Messingschildchen auf, das im Schein der Fackel aufblitze. Darauf stand, in schnörkeliger Schrift geschrieben: „Björn Levinson! Möge er seinen Namen in Ehren getragen."

Sarah stand gebannt neben Luke und starrte auf die Tafel. Er erwiderte ihren Blick. Doch dann drehte Luke sich um und zog Sarah hinter sich weg von dem Schild. Er fragte die geheimnisvolle Statue erneut; „Wie lautete das Rätsel, großer Weiser?" Die Antwort lautete: „Ihr habt es bereits gelöst." Dann verstummte das Standbild.

Kurz darauf vernahmen die beiden ein schreckliches, verzerrtes Geräusch. Die Wände schlugen Risse. Gefolgt von schmerzerfüllten Schreien zerteilte sich die steinerne Decke in Stücke und gab einen Ausgang frei. Die beiden rannten hinaus.

Sie waren gerade erst an der frischen Luft angelangt, als Luke und Sarah auch schon der nächsten Herausforderung entgegenstarrten. Eine Ansammlung von Felsbrocken hatte sich zu einer gewaltigen Gesteinslawine aufgestaut und machte sich auf den Weg, sie lauthals zu überrumpeln. Die beiden rannten um ihr Leben, während ihnen die Lawine gefährlich nahekam und ihre Ohren mit betäubendem Getöse füllten. Sarah drehte ihr schmerzverzerrtes Gesicht zu Luke hinüber. „Lauf um dein Leben! "

Wie ein brüllender, alles verschlingender Löwe raste der Lawinenschlund hinter den Freunden her und riss alles mit sich, was sich ihm entgegenstellte. Steine knallten gegen Steine und schlugen über Luke und Sarah hinweg. Immer und immer weiter rannten die beiden. Bis Sarah stolperte und bauchlinks liegen blieb. Dabei erkannte sie ihre Umgebung. Sie waren am Fuße des Halauhju Berges. Knapp neben ihnen konnte sie eine kleine Höhle erkennen.   Jetzt hieß es rasch handeln. Schnell packte Sarah Luke und zerrte ihn mit sich in die Felshölle. Mit lautem Krachen polterten die Steine an ihnen vorbei. Luke wurde vor lauter Geschrei in Ohnmacht gerissen. Mit einem beleidigten Stöhnen packte Sarah ihn und legte ihn in Sicherheit.

DER TOD WARTET

Blitze zerschlugen die Mauern der Ruine. Luke hatte sich in einem alten Bierfass verkrochen und umklammerte das Schwert von Björn. Er kniff seine Augen zusammen und wartete bis sich das Gewitter gelegt hatte. Donner brüllte über sein unsicheres Versteck hinweg und brachte die Türme der Ruine von Thorns Haus zu Einbruch.

„Autsch", jammerte Sarah, die gerade aus einer Felsnische geklettert war und sich ihr offenes Bein rieb, „hier drin ist es verdammt eng."

Luke schaute sich um. Überall waren die Mauern eingestürzt. Die Blitze hatten rabenschwarze Flecken hinterlassen. Doch auf einmal sah er etwas, das nicht wie ein Mahl von einem Blitz aussah. Da glitzerte etwas. Luke ging langsam auf das Glitzern zu und räumte ein paar Steine auf die Seite. Er musste nicht tief graben, bis er bei dem geheimnisvollen Ding ankam.

Ihm stockte der Atem. Da lag ein Gürtel aus Silber auf dem mit Goldener Schrift klar und deutlich „Gersten unser Retter" stand. „Oh mein Gott", staunte Luke und hob den Gürtel auf.

Er drehte sich mit dem Gürtel in der Hand zu Sarah um und zeigte ihr seinen Fund. „Wow", Sarah bekam den Mund vor Staunen fast nicht mehr zu. Sie nahm ihm den Gürtel aus der Hand und betrachtete ihn ehrfürchtig aber nachdenklich. „Ist das der Gürtel von..."

Doch sie konnte nicht fertig sprechen, denn sie zuckte aufgrund eines schmerzverzerrten Geschreis zurück. Dabei ließ sie auch noch den Gürtel fallen. „Da hinten", schrie Luke und zeigte in Richtung Halauhju Berg. „Was verdammt ist denn da?" Sarah kniff ihre Augen zusammen und starrte mit aufgerissenen Augen in Richtung des Neuntausenders. Zuerst sah sie nichts Verdächtiges; aber dann entdeckte sie das schockierende Bild.

Irgendein Wesen flog schreiend und kreischend die Bergkante herunter ins Tal. Ungefähr dreihundert Meter unter der Spitze des Berges konnte man noch zwei gestalten erkennen die nach unten blickten. Sarah wollte sich das genauer ansehen und rannte in die Richtung weg, wo sich zuletzt das fliegende und schreiende unbekannte Wesen gesehen hatte.

Luke nahm noch den Gürtel auf und legte ihn sich um. Björns Schwert klemmte er in die dafür vorhandene Scheide. Dann rannte er Sarah hinterher. „Was glaubst du, was das war?", fragte Sarah hechelnd. „Ein Geist vielleicht", erwiderte Luke etwas abschätzig. Sarah verdrehte sarkastisch ihre Augen und rannte noch schneller. Sie raste wie ein Kampfjet weiter. Luke kam ihr nicht mehr so gut nach und dachte schon, dass er sie verloren hätte. Doch dann sah er sie am Fuß des Berges schwer atmend vor irgendeinem Ding knien.

„Ach du Scheiße", Sarah drehte sich mit einem schockierten Blick um und starrte Luke an, der gerade die letzten Meter zu ihr herüberkam. Er dachte, sie würde voll übertreiben. Doch mit dieser Schätzung stand er weit daneben.

„Kennst du die?", fragte Sarah ziemlich leise. Luke antwortete nicht, sondern schaute wie versteinert auf Clare. Clare war Lukes Tante. Sie war die kleine Schwester von Eirik und arbeitete als Schafmelkerin in Björns Haus. Doch nun lag sie tot am Fuß des gigantischen Halauhju Berges.

Auf ihrer Stirn waren die Worte Tod durch Sturz eingeritzt. Luke kamen diese Worte sehr bekannt vor doch er kam nicht darauf woher.

„Warum müssen immer meine Verwandten sterben?", fragte Luke mit ausdrucksloser Miene. Nach mehreren Schweigeminuten ergriff dann aber wieder Sarah das Wort.

„Luke, sieh mal da drüben", sagte sie und zeigte dabei fragend in die Richtung von Björns Haus. Eine riesige schwarze Rauchwolke bedeckte die Felder um ein Haus. Und bei genauem Hinschauen erkannte man, dass das Feuer gerade die Dachbalken der Häuser zerstörte und sie zusammenbrechen ließ. Luke dachte nicht weiter nach. Er rannte einfach drauflos. So schnell ihn seine Beine trugen, sprintete er in Richtung seines Heimathauses.

Nach kurzem Überlegen rannte Sarah ihm hinterher.

Als Luke bei dem Haus ankam, war schon fast alles zerstört. Er musste mitansehen, wie Max und Luis gerade seinen besten Freund Allen bewusstlos aus den lodernden Flammen zogen.

Luke schaute in den beinah vollkommen zerstörten Hof und traute seinen Augen kaum.

Katla kämpfte sich mühsam durch das Feuer und schleppte dabei Eirik hinter sich her.

Luke glaubte, das Katla es schaffen würde, weil sie unglaublich stark war. Doch auf einmal brach ein Holzbalken von Kugis ehemaligem Haus ab und traf Katla, sodass sie ohnmächtig zu Boden sackte.

Luke zuckte zusammen. Doch dann gab er sich einen Ruck und rannte in den Hof des Hauses. Er versuchte Katla aus den Flammen zu ziehen, doch allein war er einfach zu schwach. Luke schrie aus Leibeskräften um Hilfe. Ihm liefen Tränen über die Wangen, weil er wusste, dass er es nicht alleine schaffen würde. Doch auf einmal sah er wie Katla hochgehoben und mit Eirik aus den Flammen geschleift wurde.

Außerhalb der Flammen wurden sie auf den Boden geschmissen und Luke konnte den Retter klar und deutlich sehen, Luis. „Danke", brachte Luke hervor. „Passt schon", entgegnete ihm Luis.

Dann packte Sarah ihn an der Hand und die beiden Freunde liefen aus dem Rauch in die Richtung von Gerstens Haus.

Luke wäre zwar lieber bei seinen verletzten Eltern geblieben.

Doch Sarah musste einfach wissen, wie es um ihre Familie stand.

Mehr oder weniger gegen seinen Willen folgte Luke seiner Freundin und stritt sich unterwegs mit seinen eigenen Gedanken.

SARAH IN NOT

Schnellen Schrittes näherten sich Luke und Sarah ihrem ferngelegenen Ziel, welches trotz der größeren Entfernung einen prächtigen Anblick bot. Das Haus der Gerstenssons schien sich unter ihren Anstrengungen Schritt für Schritt deutlich zu nähern. Sarah schnaufte „Luke, sollten wir nicht einmal eine kleine Pause einlegen? Mir geht langsam echt die Luft aus." Obwohl Sarah noch weiter jammerte, ließ es ihn kalt.

Sehr kalt war auch die eisige Luft, welche sie mit allen Strängen umwarb und gnadenlos auf sie eindrosch. Schließlich waren sie dem gigantischen Gebäude so nah, sodass es Luke und Sarah bei weitem überragte. „Da wären wir!", rief Sarah und zeigte auf ihr ehemaliges Zuhause. „Und, wie du siehst, ist es komplett unberührt geblieben, im Gegensatz zu deinem", spottete Sarah. „Ja, aber lass uns mal sehen, ob das auch Innen der Fall ist." Mit diesen Worten marschierte Luke geradewegs durch die große Eichenholztür.

Eilig folgte Sarah ihm. Die lange Wendeltreppe knarzte unter jedem ihrer gestressten Schritte, die sie taten, während Luke mit Sarah an der Hand durch das stockdunkle Haus rannte. Fluchend wegen der Dunkelheit machte Luke sich auf die Suche nach einer Lichtquelle. „Wo, verdammt kann man hier Licht entfachen?" „Du könntest es ja mal beim Hausbrunnen versuchen", spottete sie und zog Luke lachend hinter sich her. Sie liefen in die große Halle und Luke knallte mit seinen Knien erstmal gegen ein paar Holztische, bis er sich letztendlich stöhnend auf dem Boden wälzte. Luke streckte hilflos seine Hand in die Luft und blickte Sarah mit einem erwartungsvollen Blick an, während er kindisch herumjammerte. Nach einem kurzen Genießen der Show, streckte Sarah ihm hilfsbereit die Hand entgegen. Als Luke wieder auf seinen zittrigen Beinen stand, setzte er gerade mit einer Frage an. Doch er kam nicht mehr zum Sprechen.

Denn als hätte jemand einen Schalter betätigt, flackerten plötzlich mehrere Fackeln und tauchte das ganze Haus in einen hellen, feuerähnlichen Schein.

Vor Schreck umklammerte Luke seine Freundin, um kurz darauf wieder vor der peinlichen Reaktion zurückzuschrecken.

Sarah kicherte in sich hinein, während sie ihn angewidert anstarrte. Gemeinsam rannten sie den menschenlehren Flur entlang. Ihre Schreckensschreie hallten in dem düsteren Gemäuer wider. Die Freunde wollten gerade durch die Tür nach draußen hechten, doch sie knallten gegen eine eiskalte Steinwand. „Verdammt!", fluchte Sarah und griff sich an den Kopf. Luke hatte sich ebenfalls die Birne eingerannt. Weil er zu sehr mit seinen eigenen Schmerzen beschäftigt war, blendete er Sarah einfach aus.

„Wo, bei Björns Schwert, ist diese scheiß Tür hin?", Luke kauerte sich verzweifelt auf den Boden und musste an seine Mutter denken, die wahrscheinlich blutend und verbrannt im Gras lag und die abgebrannte Ruine von Björns Haus betrachtete.

Sarahs Worte rissen ihn aus seinen Gedanken: „Luke! Luuuuuke, bist du noch am Leben?" Luke antwortete mit Tränen in den Augen „Ähhh, ja ich denk schon."

Luke richtete sich auf, stöhnte und stolperte ein paar Schritte zurück. Er teilte Sarah seine kurzzeitigen Gedanken mit. Verständnisvoll nickte sie und ging die Stiege hinauf. Sie wollte noch mal kurz in ihrem Zimmer vorbeisehen. Luke wollte gerade erwidern, dass er mitkommen wollte, doch sie war bereits in der oberen Etage verschwunden. Luke rief ihr nach, dass er sich etwas zu essen besorgen wolle. Mit diesen Worten ging er in die Küche und durchwühlte verärgert die Schubladen.

Nach einer Weile fiel ihm auf, dass Sarah immer noch weg war. Eine Zeit lang herrschte absolute Stille. Luke wurde es mulmig. Rasch ging er zu der Treppe, rannte die Stiegen hinauf und rief laut ihren Namen. Nach kurzem Zögern musste er zugeben, dass er keine Antwort erwarten konnte. Er dachte: „Es ist doch immer dasselbe! Immer haut sie ab, wenn ich sie am dringendsten brauche!" Mit der Zeit waren Lukes letzte Geduldsfäden bereits sehr gespannt gewesen, doch jetzt rissen sie endgültig entzwei. Verzweifelt sprintete er die Treppe hinauf und durchsuchte jedes auffindbare Zimmer. Als Luke in Sarahs

Schlafzimmer angekommen war, tauchte im Schein der Sonne ein messingartiges Siegel auf.

Schritt für Schritt näherte er sich dem hell blinkenden Brief. Behutsam bückte er sich und schloss das Papier in seine Hände. Sogleich riss er das Siegel ab und zog ein Pergamentpapier heraus.

Darauf stand: „Möchtest du deine Freundin jemals wiedersehen, so gehe beim höchsten Stand des Mondes auf den Res sva' rs."

Luke erschrak so sehr, dass er das Papier dabei zerriss. Er dachte lange Zeit darüber nach, wie er handeln sollte. Im Kopf ging Luke die Worte nochmal durch. „...am höchsten Stand des Monds...Res sva' rs". „Wann war der höchste Stand des Mondes? Ganz klar, zu Mitternacht", redete Luke zu sich selber. Also musste er um Mitternacht auf dem matschigen Res sva' rs Hügel stehen. Er hob die Papierschnipsel mit der Anweisung auf und stopfte sie in den weiß-bräunlichen Umschlag.

Lange Zeit saß er auf dem gut gepflegten Rand von Sarahs Bett und versank immer mehr in seinen verzweifelten Gedanken.

Doch so langsam fing ihn sein heißhungriger Magen an zu nerven und er machte sich wieder auf den Weg, die steile Stiege hinab, in die Küche, um seine Suche nach Essen fortzusetzen. Nach einer Weile entdeckte Luke, in einer niedrigen Schublade, einen selbstgebackenen Brotlaib. Gierig biss er hinein und genoss das Gefühl etwas zwischen den Zähnen zu haben.

Der Genuss verging ihm aber sogleich wieder, wenn er an das Leid seiner besten Freundin dachte.

Hastig legte Luke den Brotlaib zur Seite und lief schnell durch Gänge und Zimmer, um in den großen Innenhof zu gelangen. Dort angekommen blickte er auf die riesige, goldene Sonnenuhr, welche selbst zu später Stunde sonnenhell strahlte. Sie zeigte neun Uhr abends. Schleunigst machte Luke sich bereit, einen langen Ritt hinter sich zu legen. Bereitwillig stieg er auf ein dahergelaufenes Pferd. Er bestieg das Ross und stolzierte auf ihm durch das Tor des offensichtlich menschenleeren Hauses in Richtung des Hügels „Res sva' rs".

Atemlos ritt Luke thronend auf dem Pferd dahin. Es musste Sarahs Pferd „Claradoss" sein, kam es ihm in den Sinn. Sie waren schon eine ganze Weile unterwegs, hatten aber ihr Ziel immer noch nicht in Sichtweite.

Für Luks Geschmack ging die Reise trotz Pferd zu langsam. Außerdem zog sich die weite Strecke fast ins Unendliche.

Es kam Wind auf und kurz darauf pfiff ein richtiger Sturm übers Land.

Das Stöhnen des Windes und das Tönen der trabenden Hufe auf dem steinigen Boden, der unter ihnen zusammenknirschte, ergab eine gruselige Geräuschkulisse.

Neben dem Reiter und seinem Pferd erhob sich der prächtige Eichenwald Semera, der immer dichter zu werden schien. Dann erblickte Luke in der Ferne einen gigantischen Gipfel aus geschliffenem Erz und Lehm. Doch um dorthin zu gelangen, musste er eine Schlucht, die sich in unmittelbarer Nähe befand, überwinden.

Kurzerhand entschloss er sich dieses Hindernis zu umreiten. Darum lenkte er das Pferd vom Weg rechterhand ab, um sich von dem Abgrund vor ihnen etwas zu entfernen. Seine Augen brannten von dem Sand, der unter Claradoss Hufen aufgewirbelt worden war. Doch er musste durchhalten. Luke biss schmerzverzerrt die Zähne zusammen. Tränen traten in seine Augen. Er spornte Claradoss an und redete ihm gleichzeitig gut zu. Immer schneller ritt er auf dem schneeweißen Ross über die steinige Oberfläche.

Vor einem steilen Hang scheute das Pferd zurück, blieb jedoch nicht stehen. Zweimal waren sie bereits von wilden Tieren angegriffen worden, hatten diese aber schnell wieder unbeschadet abschütteln können. Die Reise verlief für Luks Geschmack schon fast zu ruhig. Ihm tat sein gesamter Körper weh von dem eiligen Galopp und er saß völlig erschöpft in dem zerfledderten Ledersattel.

Vor Schmerz stöhnte er mehrmals auf. Mittlerweile war die Nacht hereingebrochen.

Plötzlich beschleunigte Claradoss seinen Schritt und Luke bemerkte, dass sie durch einen stockdunklen Wald leicht bergabwärts ritten. Furchterregendes Fauchen und Kreischen durchschnitten die mit Spannung durchzogene Luft. Lukes Nackenhaare stellten sich auf und er nahm mit einem Mal einen überaus starken, ekelerregenden Geruch wahr. Dieser schlich sich durch Luks Nase wie ein gefrierender Faden, Wirbel für Wirbel den angespannten Rücken hinab. Ein eiskalter Schauer fuhr ihm durch die Adern und brachte seinen Puls auf Höchstfrequenz. Das Atmen fiel ihm schwer. Nach Luft ringend machte er in der pechschwarzen Dunkelheit ein Paar blitzender, saphirblauen Augen aus. Claradoss wieherte und bäumte sich auf. Kurz darauf schoss eine dunkle Kreatur auf das geschockte Pferd zu, und entblößte zwei Reihen messerscharfe Zähne, wo jeder einzelne so lang schienen, wie die Schneide eines Dolches.

Mit einem grausamen Zischen biss es zu. Claradoss fiel zu Boden. Geistesgegenwärtig sprang Luke vom Pferd und riss gleichzeitig sein Schwert in die Höhe. Dabei realisierte er, wie haarscharf eine spitze Klaue seine linke Wange gestreift hatte. Luke nahm die rissige und raue Haut des Wesens wahr. Wütend schwang er sein Schwert, und hieb damit blindlinks in der Dunkelheit herum.

Claradoss lag regungslos auf dem nachtschwarzen Sand.

LEBEN ODER TOD

Für einen Moment stockte Luke der Atem und er rang um Luft, bevor er wieder einen klaren Gedanken fassen konnte. Er realisierte die ungeheuerliche Kreatur vor sich, und drosch mit seinem Schwert, so gut es seine Kräfte zuließen, auf es ein.

Das Monster zuckte weder zusammen, noch schrie es auf. Stattdessen schlug es zurück, und hackte sich mit gewaltigen Krallen in Lukes Oberschenkel.

Luke schrie laut, und stöhnte dann mit schmerzverzerrtem Gesicht auf. Er nahm wahr, wie sich seine Wut und sein Schmerz zu einer unfassbaren Welle der Aggressivität vermischten. Mit fast übermenschlicher Kraft und laut brüllend schlug er abermals mit seinem Schwert zu, und stach dabei dem Ungeheuer in die bereits blutende Visage. Das Wesen schwankte und seine Augen wurden schwarz.

Luke drehte ihm den Rücken zu. Doch das war ein Fehler.

Das Ungetüm sprang ihn von hinten an und riss Luke das Schwert aus der Hand.

Im letzten Moment konnte der Junge sich aus den gewaltigen Klauen retten und rannte davon in die ewige Dunkelheit. Sein Grauen ließ ihn immer weiter rennen und kaum einen Schmerz verspüren. Als er wieder Herr über seine Sinne war, befand er sich bereits in einem bewaldeten Gebiet. Er hechtete verzweifelt weiter durch das scheinbar undurchdringbare Gestrüpp. Heißes Blut lief ihm den Nacken hinunter. Zu seinem Entsetzen hörte Luke, wie sich unweit hinter ihm die dunkle Kreatur aufrichtete und seine gewaltige Flügel ausbreitete, um sich anschließend in die Lüfte zu erheben. Gleichzeitig gab es einen ohrenbetäubenden Schmerzensschrei von sich.

In Luke breitet sich wieder Hoffnung aus, Sarah zu retten und zusammen mit ihr diesem Ungeheuer zu entkommen.

Der ekelerregende Geruch nach salzigem Schweiß kroch Luke wieder in die Nase und ihm wurde speiübel. Er lief weiter. Blut spritzte an ihm hoch und zwang ihn einen kurzen Blick nach unten auf die Wunde an seinem Oberschenkel zu richten. Dabei übersah er eine riesige Wurzel und fiel blindlings in das Dornengestrüpp vor ihm. Luke stieß einen Schmerzensschrei aus. Es schien, als würde er sein Bewusstsein verlieren. Er sah nur noch Rot.

Als er sich wieder etwas gefangen hatte, bemerkte er tiefe Bissspuren in seinem halb zerfetzten Bein. Voller Verzweiflung stöhnte er laut auf.

Mit großer Kraftanstrengung schaffte Luke es, aus dem Gebüsch herauszukriechen und sich an einem großen Gesteinsblock hoch zu zerren. Luke sah sich nach seinem Schwert um und entdeckte es in unmittelbarer Nähe an einem Busch hängen. Das Ungeheuer musste es verloren haben. Was für ein Glück!

Rasch ließ sich der Junge von dem Felsen fallen und kroch zu seinem Schwert. Sein treuer Begleiter hatte ihn nicht verlassen. Das schenkte ihm wieder Mut.

Aus ein paar herumliegenden Ästen bastelte sich Luke eine Krücke zusammen, und konnte mit ihrer Hilfe wieder gehen. Er fand ihm bekannte Heilpflanzen.

Mit diesen versorgte er vorerst seinen Wunden. Durch die Kraft der Heilpflanzen und dem Wasser der Gegend ging es ihm kurze Zeit später bereits viel besser. Erleichterung machte sich in ihm breit. Diese Abenteuerreise alleine meistern zu müssen machte ihm innerlich aber sehr zu schaffen. Doch er ließ sich von seinen Gedanken nicht beirren und machte sich hinkend mit seinem Hilfswerkzeug weiter auf den Weg.

Als er auf dem dunklen Waldboden riesige, blutige Fußabdrücke sah, die augenscheinlich von dem Ungeheuer kommen mussten, und sich in der entgegengesetzten Richtung im Dunklen verloren, kehrten seine Lebensgeister wieder voll zu ihm zurück.

Die benötigte er ganz dringend. Denn schon bald darauf erhob sich das nächste Problem vor ihm.

Der Res sva' rs. Wie sollte er es schaffen diesen steilen Berg mit seinem verletzten Bein zu besteigen? Kurzfristig erschien es Luke unmöglich diese Spitze zu erklimmen.

Im Wald Semera, indem es von kannibalischen Insektenfresser nur so wimmelte, war es aber auch nicht ratsam, länger zu verweilen.

Und so kam es, dass Luke sich mit einem innerlichen Stöhnen aufmachte, um den angegebenen Zielpunkt, die Spitze des Berges, zu erreichen.

Angetrieben von seinen Gefühlen für Sarah, biss Luke sich auf die Zähne, und bestieg unter Todesverachtung, zeitweise mehr auf allen Vieren, als auf seinen Beinen, den steile Steig in Richtung Bergspitze. Der Aufstieg war extrem schwierig.

Doch richtig schlimm wurde es erst, als Luke seine Krücke verlor und diese die Felswand hinunterstürzte. Sie krachte über die Felsen, um am Ende zerschlagen und unerreichbar liegen zu bleiben.

Ohne jegliches Hilfsmittel schaffte Luke es aber doch hinauf. Knapp unter der Spitze hielt er sich hinter einem Felsen versteckt, und blickte auf eine abgerundete, leere Fläche. Dies war also der höchste Punkt dieses Berges.

Lange geschah nichts. In dem Moment als Luke sich gerade aus seinem Versteck heraus begeben wollte, um auf die Spitzte zu gelangen, vernahm er ein angestrengtes Stöhnen. Ekelerregend sabbernd schleppten sich drei Gestalten, die auf eine unheimliche Art Rittern ähnelten, auf die Spitze zu. Luke freute sich ein wenig, als er erkannte das die Gestalten Menschen und keine Monster zu sein schienen. Dann entdeckte er ein Siegel auf ihrer Stirn. Diese Siegel hatte Luke schon einmal gesehen. In Oraklias Prophezeiung.

Es war das Siegel von Mazzuca!

Offenbar waren dies Krieger von Mazzuca.

Luke frage sich, warum die Krieger vor Anstrengung so grässlich keuchten. Dann fiel ihm auf, dass sie ein großes Etwas zwischen sich trugen. Den Umrissen nach zu urteilen, schleppten sie einen Menschen mit sich, der in einen Sack gewickelt worden war.

„Ich wette, bei meinem Leben, dass Sarah in dem Sack ist", durchfuhr es Luke wie ein Blitz. Er zog lautlos sein Schwert aus der Scheide und kratzte das eingetrocknete Blut von der Klinge.

„Boss, glaubst du das die Wyrale ihn getötet hat?", fragte einer der Männer, nachdem sie den Sack auf den Boden geschmissen hatten.

Der Größte der Truppe drehte sich zu dem fragenden Mann um, und erwiderte in erstaunlich hohem Ton: „Das kann ich nur hoffen, Bruder."

Luke wusste, dass die Männer ihn gemeint hatten. Jetzt wusste er auch, dass dieses unheimliche Monster, das in zuvor gejagt hatte, eine Wyrale gewesen war.

Er schwebte immer noch in seinen Gedanken, als er die Hohe Stimme des großen Mannes wieder wahrnahm. Luke gelang es kaum, sich wegen dieser piepsigen Stimme das Lachen zu verkneifen. Er rang mit sich, wollte sich doch nicht selber verraten.

Doch diese urkomische Stimme war viel zu lustig. Und schließlich bekam Luke einen lauten Lachanfall.

Erschrocken drehten sich die drei männlichen Gestalten zu ihm um. Luke schlug sich die freie Hand vor den Mund. „Der Bengel ist ja hier!", rief einer der Männer wütend. „Er ist auf den Trick reingefallen. Tötet ihn!", befahl der Große.

Mit lautem Gebrüll stürmten die Drei mit erhobenen Speeren in Lukes Richtung.

„Was hab ich nur getan?", jammerte Luke vor sich hin. Er sprang auf, und spürte zugleich einen starken Schmerz durch sein Bein fahren. Nie im Leben würde er es schaffen mit dieser Verletzung den Krieger zu entkommen, geschweige denn, mit diesen zu kämpfen. Luke suchte verzweifelt nach einem Ausweg, doch die Männer kamen immer näher. Er konnte keine klaren Gedanken fassen.

Seinen Blick auf die Krieger gerichtet, erhob er sein Schwert, und stemmte dieses nach vorne, um die ersten Hieben seiner Gegner abzuwehren. Ohne Pause schlugen und stießen die Krieger auf Luke ein. Als dieser seine ganze Kraft verloren hatte, sank er schwer verletzt vor den Männern zu Boden. Dann spürte er noch, wie sich ein spitzer Speer in seinen Fuß grub. Er schrie laut auf.

Als er im Augenwinkel den nächsten Speer auf sich zukommen sah, sprang etwas strahlend Weißes auf die Spitze des Hügels, und zog die Aufmerksamkeit aller auf sich.

Ein Hengst, so weiß schimmernd, wie Schnee und so prachtvoll, wie ein Drache, rammte die Krieger in letzter Sekunde von Luke weg.

Dann stellte sich das Ross entschlossen vor den Jungen hin und signalisierte ihm, dass jetzt geritten würde.

„Super Claradoss!", rief Luke Sarahs Pferd zu und zog sich stöhnend vor Schmerzen auf dessen Rücken. Er riss den Speer aus seinem Fuß. Damit schnitt er den noch immer am Boden liegenden Sack auf. Seine Freundin Sarah konnte sich weiter selber aus ihrem Gefängnis befreien. Sie sprang auf, und schwang sich schwer atmend hinter ihrem Retter auf den Rücken ihres Hengstes Dann lehnte sie sich gegen Lukes Rücken, und schlang ihre Arme um dessen Brustkorb. Hätte Luke nicht einen unbändigen Schmerz dabei verspürt, hätte er vor lauter Glück gerne gejubelt. So entkam ihm lediglich ein schmerzerfülltes Stöhnen.

Zügig rieten sie los. Claradoss bewältige den steilen Berg mit der Geschicklichkeit einer Gämse.

Unten angekommen, beugte sich Luke zur Seite, um nach seinem Schwert zu tasten.

Den Griff spürte er unter an seiner Kleidung, die mittlerweile mehr an Fetzen erinnerte, als an irgendetwas anderes.

Sein Schwert steckte seitlich an seinen Unterschenkel geschmiegt. Die Spitze steckte in seinem Schuh. Mit zitternden Finger nahm er es heraus und steckte es zurück in die Scheide.

Unter einem Felsbrocken entdeckte Luke die Überreste seiner Krücke. Dann sah er auch wieder die vielen blutigen Fußspuren im lehmigen Boden.

Elegant galoppierte Claradoss weiter, mit den Zweien auf dem Rücken. Hinter ihnen konnte die Kinder die Wutschreie der Krieger vernehmen, die sich immer weiter entfernten.

Die zwei Freunde lachten nun über ihr Glück.

Dann blieb Claradoss plötzlich abrupt stehen. Der Hengst scharrte mit den Hufen und wieherte laut. Sie standen vor mehreren umgefallenen Bäumen, die ihnen jegliches Weiterkommen versperrten. Luke begutachtete die Baumstämme, als ihm auffiel, dass sie von keinerlei anderen Geräuschen mehr verfolgt wurden. Da stimmte doch etwas nicht!

Schnell schaute er sich um, und erschrak. Eine riesige Wyrale sprintete in unfassbarer Geschwindigkeit auf die Freunde und den Hengst zu. Gleichzeitig verschwand in ihrem Maul der

Kopf, von einem der drei Krieger. Zischend und brüllend raste die über vier Meter hohe Kreatur über die Erde, und fletschte ihre gigantischen, dolchartigen Zähne.

Zwei der langen spitzen Zähne ragten aus den Mundwinkeln des angsteinflößenden Wesens. Die Zähne trieften von Blut.

Luke wollte schon sein Schwert zur Hand nehmen. Doch Sarah hinderte ihn daran, und zeigte auf die Klippen neben dem Wald Semera. Dann sank ihre Hand wieder vor Schwäche an seine Brust. Luke hatte verstanden, was sie ihm zu sagen versucht hatte. Er wies Claradoss an, in Richtung der Klippen zu galoppieren. Doch die Wyrale war schneller, als der Hengst mit den beiden Kindern.

Hinter Claradoss erhob sich das Ungetüm in die Lüfte und wollte seine Krallen schon in Sarahs Rücken schlagen, als das Pferd in letzter Sekunde die Richtung änderte. Luke hatte sein Schwert gezückt, und schlug bei dem Wendemanöver der fliegenden Wyrale einen Flügel ab. Kreischend trudelte das Monster im nächsten Moment in die

Schlucht und verstummte nach einem lauten Knall.

Luke hielt Sarah an ihren Armen fest, beugte sich vom Pferd aus über die Klippe, und sah nur aufgewirbeltem Sand. „Das kann die Wyrale nicht überlebt haben", sagte Luke zu sich selbst, um sich zu beruhigen.

Dann richtete er sich auf, zog Sarah nahe an seinen Rücken, und stolzierte fröhlich auf Claradoss dem dämmernden Horizont entgegen.

Er spürte, dass seine schlafende Freundin am ganzen Körper zitterte, als die Dunkelheit hereinbrach. Das Dunkle versperrte Luke mehr und mehr die Sicht. Nahezu blind ritt er langsam durch die Landschaft und streichelte die Mähne des Pferdes. Claradoss konnte er getrost vertrauen.

Luke entdeckte eine Höhle. Dort legte er das vor Erschöpfung noch immer schlafende Mädchen sachte hinein. Der Hengst platzierte sich schützend und wärmend hinter sie.

Der Junge trat vor die Höhle und blickte zum Himmel. Für einen kurzen Moment gab die Nacht einen kurzen Blick auf unzählig Sterne frei. Luke atmete die feuchte Nachtluft tief ein, und fragte sich zugleich, was er jetzt machen sollte.

IRIKS VERHÄNGNIS

Es war Lukes Bestimmung, zurück zu der Ruine von dem Haus der Björnssons zu gehen. Er hatte noch so viele Fragen an seinen im Sterben liegenden Vater Eirik. Eine davon lautete, warum genau sein Ur-Großvater dieser Spinner Thorn sein musste, der Björn und Gersten ermordet hatte. Luke musste zurück und Nichts konnte ihn davon abhalten.

Überaus unglücklich über seine Entscheidung wanderte Luke hustend, erschöpft und von oben bis unten durchgenässt durch den eiskalten Regen. Endlich konnte er in der Ferne einen Lichtschein erkennen. Er stellte erleichtert fest, dass die Sonne dabei war, das Himmelszelt zu erklimmen. Mit dem Aufgehen der Sonne ließ auch der Regen langsam nach und Lukes Hoffnung stieg, es lebendig bis zu seinem abgefackelten Zuhause zu schaffen. Schritt für Schritt stampfte er durch das matschige, halbgefrorene Land. Seine Lungen fühlten sich an, wie tanzende Eisberserker, die laut den Geschichten vor gut 250 Jahren von Björn aus der realen Welt verbannt worden waren (falls das stimmen sollte?).

Luke hing noch lange seinen Gedanken nach, während er weitermarschierte. Plötzlich fiel ihm auf, dass ein paar hundert Meter vor ihm die kohlschwarze und stark beschädigte Ruine seines ehemaligen Zuhauses lag.

Tränen füllten seine Augen, sodass er für eine Weile alles nur noch verschwommen wahrnahm.

Er ging Schritt für Schritt weiter auf sein Zuhause zu. Luke erblickte seine Freunde Max und Allen, welche die Überreste ihres ebenfalls abgebrannten Zuhauses zusammensuchten. Alles, was irgendwie noch Brauchbar war, stopften sie in ihre Taschen.

Luke schaute sich weiter um. Ihm stockte der Atem, als er seinen Opa Brutus sah, der offensichtlich tot auf einem blutverschmierten Teppich, der einst eine Wand geschmückt hatte, auf der verbrannten Erde lag. Ein leises Heulen glitt über Lukes Lippen und er schlug seine Hände vor die Augen.

Erschöpft wendete sich Luke von dem grauenhaften Bild ab, und lief weiter auf sein Geburtshaus zu.

Im kam der Gedanke, dass seine Mutter Katla gerade weinend, ja vor innerem Schmerz schreiend, neben Eirik lag, und hoffend für sein Überleben betete. Er beschleunigte seine Schritte und blieb erst unter dem kaputten Fenster seines ehemaligen Zimmers stehen, wo er geschockt auf seine Knie sank und sein Gesicht in seinen Händen vergrub.

„Luke!?"

Mit einem leisen „Wer?" fuhr er herum, und blickte in die offenen Arme und verweinten Augen seiner Mutter Katla. Ihre so wunderschönen Haare waren total verfilzt. Statt einem Kleid klebten nur noch ein paar Lumpen an ihrer nassen Haut. Mehrere Narben durchzogen ihr Gesicht, und ein bereits angerosteter Dolch ragte aus ihrer Beinbedeckung heraus. Lukes Augen füllten sich mit Tränen.

Als Katla ihn umarmen wollte, schritt er aber zurück und hauchte fast stimmlos: „Wo ist Eirik?"

Nun wimmerte Katla nur noch und zeigte in die Richtung eines großen Baumes, wo sich mehrere Leute um einen am Boden liegenden Mann versammelten hatten: Eirik.

Langsam näherte sich Luke seinem offenbar schlafenden Vater, und rief folgende Worte um ihn aufzuwecken: „Du Drecksack!"

Wütend schubste er die um Eirik stehenden Leute weg, und blickte gebannt in die offenen, grauen, alten Augen seines Vaters. „Hallo Söhnchen", glitt es provokant über Eiriks Lippen.

Luke wurde zu seinem eigenen Glück noch rechtzeitig von Katla am Oberarm gepackte, ehe er hingehen und Eirik zu Tode würgen konnte.

„Nenn mich nicht Söhnchen, du Betrüger!"

Alle umstehenden Leute bemerkten die unbändige Wut, die in Luke von Sekunde zu Sekunde wuchs.

„Du bist nicht viel besser als Thorn es war", brüllte Luke verächtlich Eirik ins Gesicht. Eirik blickte Luke geschockt an. Er richtete sich auf, und schickte Katla und die anderen mit einer Handbewegung fort. Dann wandte er sich wieder

Luke zu und sagte fast flüsternd: „Luke, du musst achtgeben. Du weißt nicht, wie viel Macht in Thorn steckt. Und er wird nicht lange zögern, um dich zu zerquetschen! Und dann wäre da noch Iloutau, dieser Nerv tötende Dämon."

„Woher willst du das wissen?", fragte Luke gehässig, „und wer ist Iloutau?"

Eirik räuspert sich bevor er weitersprach. „Iloutau war der kleine Bruder von Björn. Er war voller Neid auf seinen Bruder. Dadurch wurde er zu einem unsterblichen Dämon und zu einem Gott des Hasses und des Todes! Oh, und außerdem hat er auch noch seine Jägerinnen und Jäger, die in einer Fesselung gefangen sind, und nur mit riesigem Glück daraus entkommen können. Sie sind überaus geschickte Bogenschützen und die Wächter zum Palast von Iloutau - dem Fiolter di Meheer. Das bedeutet in unserer Sprache so viel wie: Folter das Leben. Luke du darfst niemals, wirklich niemals und unter keiner Bedienung einer Seele..."

Noch bevor Eirik fertig sprechen konnte, bohrte sich ein Pfeil durch seine Brust. Er fiel auf den Boden und seine Augen schlossen sich. Er war tot!

Katla versuchte die anderen Bewohner umzustimmen, doch alle waren davon überzeugt, dass Luke Eirik umgebracht hatte. Dafür sollte er gehängt werden. So war es vorgesehen.

Lasira, die alte Frau von Kugi, war seit dem Tod ihres Mannes anders als zuvor. Sie hasste Luke und Katla, weil sie dachte, dass sie Schuld am Tod ihres Mannes hatten. Sie hatte kein Problem damit, Luke zu töten. Und falls Katla versuchen sollte, den Tod ihres Jungen zu verhindern, würde sie eben auch noch dran glauben müssen.

Katla ging mit einem Dolch in ihrer Hand auf Lasira los, doch diese war eine geschickte Kämpferin und schlug ihr den Dolch aus der Hand. Dann nahm sie Katla in den Würgegriff.

Luke konnte diesem Kampf nicht tatenlos zusehen. Er wand sich aus dem festen Griff von Luis, der ihn gepackt hatte, nachdem Eirik tot umgefallen war. Dann schlug er ihm mit der Faust ins Gesicht. Luis war Eiriks Nachfolger als Oberhaupt. Er ließ Luke los und tastet nach seiner Nase.

„Lass sofort meine Mutter los, du fettes Ungeheuer!", schrie Luke, noch bevor er Lasira mit einem Stein in die Kehle drückte.

Doch das hätte er lieber lassen sollen, denn nun stürzte sich Max, Kugis und Lasiras Sohn, mit einem Messer auf ihn. Max versuchte Luke das Messer in die Kehle zu stecken.

Plötzlich schoss wie ein Blitz aus dem Nichts ein spitzer Stein in seine Hand. Max ließ schreiend vor Schmerz das Messer fallen. Wie Wasser floss das Blut aus seiner Hand. Eine Gestalt, die an Robin Hood erinnern ließ, stand auf der Seelenmauer des Hauses. Sie hatte eine Steinschleuder in der Hand und spannte schon denn nächsten spitzen Stein ein. Luke ergriff die Chance, da alle Hausbewohner auf die Gestalt starrten, und zog Björns Schwert aus der Scheide.

Schnell wie der Blitz ließ er die Klinge des Schwertes durch die Luft gleiten, und auf Lasira einschlagen. Diese wich zwar etwas zurück. Doch eine tiefe Schnittwunde in ihrem Gesicht konnte sie nicht abwehren. „Mutter!" Schnell lief Max zu Lasira. Dann drehte er sich mit einem bösen Blick zu Luke um. „Du Monster!", schrie Max. Mit seinen Fäusten schlug er auf Luke ein, der die Schläge parierte und dann mit einem Schwung den Fuß von Max mit dem Schwert aufschlitzte. Stöhnend ließ sein ehemaliger Freund sich auf den Boden fallen, und versuchte das ausströmende Blut zu stoppen.

„Lass meinen Cousin in Ruhe, du Arschgesicht!" Lauthals schreiend stürzte sich Luis auf Luke. Er wurde aber von der verhüllten Gestalt, die jetzt ebenfalls ein Schwert schwang, aufgehalten. Und in dem Moment, als er das Schwert sah, erkannte Luke, wer der Waldläufer war. Es war Sarah!

Sie versuchte ihr Schwert Luis in den Bauch zu rammen. Doch der erwachsene, hochgewachsene Mann war stärker, und hielt Sarah mit seinem Arm auf Abstand. Luke wollte seiner Freundin zur Hilfe eilen. Als er gerade zu einem Schlag mit seinem Schwert angesetzt hatte, wurde er von einer ihm bekannten Klinge aufgehalten. Das Schwert von Allen!

Allen war sein besten Freund in Björns Dorf. „Lauft!", waren die letzten Worte von Lukes

Freund. Daraufhin wurde er von Sarah aus seinen Heimatmauern gerissen. Dann rannten sie weg.

Hinter sich vernahmen sie nur noch heftige von Allen stammende Leidensschrei.

SCHLACHT DES SCHICKSALS

Luke stand immer noch unter extremen Schock. Er konnte einfach nicht glauben, dass Eirik ihm sein Leben lang verheimlicht hatte, dass er ein Thornsson war. Sein Taufname war Lerdo gewesen. Bei dem Gedanken, dass er für den Rest seines Lebens Lerdo genannt werden würde, lief es ihm eiskalt den Rücken hinunter. Luke war sich sicher, dass das nicht das einzige war, was Eirik ihm verheimlicht hatte. Aber jetzt war es zu spät. Er konnte Eirik nicht mehr fragen.

Sarah und Luke hatten den Fuße des Halauhju Berges erreicht. Sie ließen sich erschöpft nieder, nachdem sie ein Lagerfeuer in einer Felsmulde entfacht hatten. Sie schauen gedankenversunken in die züngelnden Flammen. Da kam Sarah eine Idee.

„Kugi war nach seinem Tod doch zu einer Seele geworden. Vielleicht hatte sich auch Eirik

71

verwandelt?" Luke hob den Kopf und starrte seine Freundin an. „Ja, dass könnte sein.

Aber ich will erst mal drüber nachdenken und schlafen". „Na meinetwegen", erwiderte Sarah. Sie drehte sich um, und legte sich auch schlafen.

Luke wurde von einem fürchterlichen Schrei aus dem Schlaf gerissen, und sah Sarah mit gezücktem Messer neben ihm stehen. Sie verzog keine Miene und starrte verängstigt Richtung Ende des Tales, wo sich ein weitgezogener Hügelkamm erstreckte. Luke rappelte sich auf, und folgte ihren Blicken. Er erschrak bei dem Anblick des Hügels. Unzählbare Fabelwesen liefen über den Kamm und zerstörten dabei alles, was sich auf ihrem Weg befand.

„Das Orakel hatte recht", brachte Luke hervor, „sobald ich das Tal betrete, wird die Vernichtung der Welt kommen."

Über den Hügelkamm bewegte sich alles, was nur in bösen Träumen vorkommen sollte. Nicht nur Seelen, nein auch Lyren, Berserker und sogar einige Flammriesen waren zu erkennen. Keiner der Freunde sagte ein Wort, oder verzog auch nur eine Miene. Sprachlos und wie versteinert schaute

Sarah auf die unzähligen, spinnenartigen Lyren, die in unfassbarer Größe über den Hügelkamm sprangen. Luke dagegen starrte gebannt auf die beinah sieben Meter hohen Berserker, deren Äxte und Rüstungen mit ihrem Körper verschmolzen waren.

Auf einmal stach rot-gelbes Licht hervor und drei gigantisch große, feuerrote Flammriesen kamen zum Vorschein. Sie waren riesig. Rauch quoll aus ihren Augen und ihre Waffen waren so groß, wie ausgewachsene Eichen. Alle Wesen hatten ihre Blicke in die Richtung von Björns abgefackeltem Haus gerichtet. Sie stapften steifbeinig darauf zu.

Unglücklicherweise nahm eine Lyre Sarah und Luke wahr, und verkündete ihre Beobachtung mit einem fürchterlichen Warnschrei. Von diesem Schrei alarmiert, verdrehten alle Biester ihre Köpfe, drehten sich um und wankten in ihrem Höchsttempo auf die beiden Kinder zu. Fauchend, brüllend, kreischend und schreiend bewegte sich das Heer der Fabelwesen auf die Freunde zu.

Luke holte das Schwert aus Gerstens Gürtel, und trat langsam den Rückzug an. Dann fing er an, rückwärts wegzurennen, bis er bemerkte, dass Sarah ihm nicht folgte. Sie hatte ihren Blick noch immer auf das Schauspiel gerichtet. Er schrie ihr zu, dass sie endlich rennen solle, wenn sie nicht von den Monstern in Stücke gerissen werden wollte.

Doch Sarah dachte nicht daran, auch nur einen Schritt nach hinten zu gehen. Stattdessen legte sie sich eine Kriegermiene auf, und stürzte sich sogleich mit einem wütenden Schrei dem Monsterheer entgegen.

Luke verwarf seine Arme. Dann aber raste auch er mit einem fast unmenschlichen Geschrei auf das Massaker zu.

Die Beiden stürzte sich offen in die Eskalation, Luke rammte mit dem ersten Schlag einem Berserker das Schwert in den Fuß. Und was er dann sah, war unglaublich. Sein Schwert fiel auf den Boden, während es den Berserker in tausende kleine blaue Teilchen zerrissen. Zischend löste sich dieser in hellblauen Dampf auf. „Das ist ja zu einfach, um wahr zu sein", entfuhr es Luke. Er hob sein Schwert auf und wollte schon den nächsten zerstören. Aber das klappte nicht wie erwartet. Bevor Luke sein Schwert platzieren konnte, wurde er von einem gigantischen Feuerball weggeschleudert, und fand sich etliche Meter vor seinem Gegner auf der Erde wieder. „Mann! Das hätte ich nicht sagen dürfen", verfluchte Luke sich selbst, und stand mit einem schmerzverzerrten Gesichtsausdruck mühsam wieder auf.

Er blickte in das Schlachtgeschehen und seine Blicke erfassten Sarah, wie sie gerade einer Lyre ein Bein wegschnitt. Ein Heulen drang an Lukes Ohr. Er sah ein zweibeiniges Wesen auf dem Hügelkamm stehen, das ihn an einen aufrecht gehenden Hund erinnerte. Für den Jungen war eindeutig, was dieses Wesen darstellte. Es war der legendäre Dämon der Grausamkeit und des Neides. Iloutau!

Der Dämon war der Bruder von Björn. Von Hass und Neid auf Björn, der zu Lebzeiten mehr Zeit mit Gersten als mit seinem Bruder verbracht hatte, war er zu einem Dämon des Hasses und des Todes geworden.

Er blickte Luke brennend tief ins Angesicht. Dann erhob er seinen Arm, und eine Welle aus blutrotem Hass strömte aus seiner Handfläche heraus. Luke hechtete zur Seite. Er hatte immer noch sein Schwert in der Hand. Die Schwertklinge blitze im Sonnenlicht auf. Die Spiegelung der Sonne richtete sich auf Iloutau. Wie ein Blitz schoss ein gelber Lichtstrahl aus Lukes Schwert auf ihn zu. Der Dämon musste sich bücken, um nicht getroffen zu werden.

„Du bist stark, Kleiner", fauchte die grausame Gestalt. „In dir steckt die Macht deines Großvaters!" „Wer war denn mein Großvater?", schrie Luke zurück.

Iloutau lachte voller Hohn. Dann sprach er drohend: „Thorn! Er hat dir ein kleines bisschen Macht vererbt, damit du ihn wieder auferwecken kannst."

„Niemals werde ich diesen Spinner auferwecken!", schrie Luke. Mit diesen Worten hob er das Schwert abermals, richtete es zur Sonne aus und zeigte dann auf Iloutau. Licht entfuhr der Klinge, Funken sprühten und ein feuerähnlicher Strahl schoss dem Dämon entgegen. Iloutau wurde zurückgeschleudert. Er stieß seine Krallen fest in den Boden, um nicht ganz umzufallen. Dann richtete er sich auf und schleuderte einen Feuerball auf Luke. Luke zerschnitt den heranfliegenden Ball mit seinem Schwert in zwei Hälften. Die Teile barsten auseinander und flogen links und rechts an ihm vorbei. Im Schutz seines Schwertes, welches er mit beiden Händen hoch vor sich erhoben hielt, rannte der junge Krieger auf Iloutau zu. Der Dämon sprang in die Höhe, und versuchte Luke unter sich zu zerstampfen. Doch Luke rollte sich zur Seite und schnitt Iloutau dabei das linke Bein ab. Die Gestalt brüllte und bäumte sich auf. Es holte zu einem Schlag aus, und schlug mit seinen Armen voller Zorn auf Luke ein. Dieser hatte keine Chance mehr zu entkommen.

Luke dachte, dass es jetzt endgültig mit ihm vorbei wäre. Er krümmte sich unter den Schlägen und verbarg sein Gesicht in seinen Händen. Er würde wohl gleich von einer Feuerwelle durchbohrt werden.

Doch mit einmal Mal blieb der Dämon wie versteinert mitten in seiner Bewegung stehen. Sekunden später wurde er, gleich wie zuvor der Berserker, in tausende von blaue Teilchen zerfetzt und löste sich vor Lukes Augen in hellblauem Dunst auf.

Luke richtete sich ungläubig auf. Der Dämon war verschwunden! Das einzige, was er jetzt sehen konnte, war Sarah, die mit ihrem Messer in der Hand vor ihm stand.

Er sah Sarahs blondes Haar, das im Wind ganz zerzaust hin und her flatterte. Er merkte, wie sein Gesicht rot anlief, und hoffte, dass dies seiner Freundin nicht auffallen würde. Deswegen rappelte er sich hoch, klopfte seine noch vorhandenen Kleiderfetzen etwas zurecht und steckte das Schwert in seinen Gürtel. Er starrte an sich hinunter. Das, was von seiner Kleidung übrig war, war zerfetzt und hing an seinem Körper herunter. Einige Fetzen glühten sogar noch ein bisschen. Blut rann aus unzähligen Wunden. Und er spürte, als er sich über sein Haupt strich, wie auf seinem Kopf an einigen Stellen sogar seine schwarzen Haare ausgerissen waren.

Er richtete seinen Blick wieder zu Sarah hinüber. Da entdeckte er etwas über ihr, das langsam auf Sarah herunter schwebte. Seine Augen formen sich zu Schlitzen, denn er wollte das

Ding besser erkennen. Doch es war bereits zu dunkel geworden.

„Achtung!", rief er warnend aus. Sarah sprang zur Seite, gerade in dem Augenblick, als das Wesen ihr gerade mit einer Sense den Kopf abhacken wollte. Nun konnten die Beiden erkennen, was es für ein Wesen war. Es war eine Seele! Aber keine Gewöhnliche, sondern eine, die in einer Rüstung steckte, und bis auf die Zähne mit Waffen bepackt war. Ihr Gesicht verbarg sich unter einer silbernen Kapuze. Die Seele holte abermals mit der Sense aus, und schlug nochmals in Sarahs Richtung aus. Diesmal traf die Todeswaffe Sarahs Rücken. Blut spritzte hervor und Sarah viel schreiend zu Boden. Luke rannte zu ihr. Doch sie hatte bereits ihr Bewusstsein verloren. „Dich mach ich platt!", schnauzte Luke und kreuzte sein Schwert mit der Sense.

Zing! Zang! Die Waffen klirrten gegen einander. Immer wieder wurde einer der beiden Kämpfenden auf den Boden befördert. Doch keiner wollte aufgeben. Die beiden lieferten sich einen zeit- und kräfteraubenden, unritterlichen Klingenkampf. Luke erlitt Schnitte im Oberkörper und an den Beinen. Die Seele schonte ihn in keiner Hinsicht.

Luke war so auf den Kampf konzentriert, dass er nicht bemerkte, dass Sarah wieder zu sich gekommen war. Sie versuchte auf allen Vieren zu ihrer Waffe zu krabbeln. Ihr Rücken schmerzte unheimlich. Sie strengte sich mit all ihrer Kraft und ihrem eisernen Willen an, doch ihr Messer schien unerreichbar. Mit letzter Kraft streckte sie sich, und bekam ihr Messer schließlich doch zu fassen. Sie rollte sich zur Seite und zielte. Dabei kniff sie die Augen zusammen. Dann warf sie das Messer, und schoss dem Sensenmann die Kapuze vom Kopf.

Was Luke und Sarah dann sahen, konnten sie kaum glauben. Mit dem Oberkörper einer Lyre, den Beinen einer Seele und dem Kopf eines Menschen, war ganz klar zu erkennen, wer Luke und Sarah beinahe ins Reich der Toten befördert hätte. Es war einer, den die Freunde am wenigsten verdächtigt hätte. Es war Eirik!

AUFERSTEHUNG

„Poof! Das war der Letzte", sagte Luke stolz. Er hatte den letzten Berserker zu blauen Teilchen gemacht. Auch alle anderen Fabelwesen hatte den Kampf gegen Luke uns Sarah verloren. Nur Einen hatte Luke nicht zerstören können, Eirik!

Nachdem sich der Kampfplatzdunst etwas gelichtet hatte, sahen die beiden, dass sich vor ihnen ein riesiger Tempel befand. Im Inneren tanzten kleine Schatten. Luke ging zu näher an das Gebäude heran, um mehr erkennen zu können. Es musste feststellen, dass er sich auf der hinteren Seite des Gebäudes befand. Offensichtlich gab es nur einen Eingang, und der musste wohl auf der anderen Seite sein.

Während dessen saß Eirik gefesselt am Boden, und Sarah stand mit gezogenem Messer hinter ihm. Als Luke zurückkam, betrachtete er Eirik und nahm ihm dann das Tuch aus seinem Mund.

„Woher hast du Quixa?", sprudelte es aus Eirik hervor. „Wer oder was ist Quixa?", fragte Sarah ihn abschätzig. „Das Schwert von Björn heißt Quixa. Und es hat die Macht, die Sonne und den Mond zu einer starken und kontrollierten Waffe zu zügeln", erklärte er mit heiserer Stimme. „Wir haben es aus Björns Grab", gab Luke bekannt. „Ach, deswegen hat Iloutau uns alle in die Schlacht geschickt", fuhr Eirik fort. „Ich glaube, wir sollten ihn töten", schlug Sarah vor und holte schon mit dem Messer aus. „Nein!", rief ihr Freund. „Luke! Das ist nicht der Eirik, den du kennst, siehst du das nicht?"

„Sarah, bitte las mich und Eirik mal allein. Ich muss mit ihm unter vier Augen sprechen." Luke schickte seine Weggefährtin mit einer Handbewegung fort. Sarah kehrte den beiden den Rücken zu und ging ein Stück weg. „Die Kleine steht auf dich", spottete Eirik. Luke entgegnete nichts, sondern starrte Eirik nur an.

Nach ein paar Minuten ging Luke zu Eirik hin und machte ihn von den Fesseln los. „Ich vertraue dir."

Mit diesen Worten gab er ihm einen Schubs und das komische Wesen schwebte, wie eine Fledermaus davon.

Sarah, der das Ganze nicht entgangen war, war stinksauer auf Luke. Sie war dagegen, dass er Eirik einfach laufen hatte lassen. Es gab keine Minute, in der sie ihn nicht verfluchte oder ihn boxte.

Sarah wollte gerade mal Ruhe geben, da schlug ein Blitz vor den Beiden ein. Sie wurden durch die Luft geschleudert und landeten unsanft auf ihren Hinterteilen. Luke sprang als Erster wieder auf und rannte zu Sarah. Die gute Nachricht für Luke war, dass sie noch lebte. Die Schlechte, dass sie offenbar wieder einmal bewusstlos war. Und er fürchtete, dass wenn er sie nicht schnell in Sicherheit bringen könnte, noch etwas Schlimmeres mit ihr passieren würde. Er packte sie an ihren Füßen und zog sie über das Gras zu ihrem bereits erloschenen Lagerfeuer. Sarah war viel leichter, als Luke es erwartet hatte. Er legte sie in die kleine Höhle im Felsen und deckte sie mit seiner Jacke zu.

Jetzt erst registrierte er, dass es zu regnen begonnen hatte. Der Wind verwandelte sich schnell zu einem Sturm. Doch da war noch Etwas.

Irgendein Schatten hatte sich vor dem Gebirge erhoben und war wieder in sich zusammengesunken.

Luke konnte nicht länger hierbleiben. Er musste gehen und verhindern, dass Thorn wieder zum Leben erweckt würde. Er nahm sein Schwert und stopfte es sich in den Gürtel. Dann packte er noch ein paar Essensreste ein, die neben dem erloschenen Lagerfeuer lagen, und lief Richtung Gebirge los.

Er kämpfte sich durch den Sturm. Teilweise hagelte es, sodass er seine Hände schützend vor sein Gesicht nehmen musste, um von den Eiskörnern nicht durchlöchert zu werden. Beinahe traf ihn ein Blitz, der nur unweit neben ihm in die Erde fuhr.

Lukes Kräfte schwanden von der Anstrengung. Scheinbar aussichtslos ließ er sich auf die Erde fallen und begann mit seinen Händen und mit Hilfe seines Schwertes ein Loch zu buddelte. Er wollte sich irgendwo vor dem tosenden Sturm verkriechen. Als er fertig gegraben hatte, und sich gerade in das Erdloch legen wollte, hörte er in nächster Nähe eine Stimme.

„Meister, bitte vergebt mir, dass es so lange gedauert hat." Luke wusste ganz genau, wessen Stimme das war.

Luke sah sich um. Er hörte zwar Eiriks Stimme, konnte ihn aber nicht sehen. Trotz dem Sturm versuchte er wieder aufzustehen.

Da erfasste ihn eine Böe und er wurde durch die Luft gewirbelt. Mit einem kurzen Aufschrei knallte er gegen eine Wand. Dann fiel er zu Boden und blieb auf dem Rücken liegen. Jetzt konnte er etwas erkennen. Er befand sich offensichtlich vor dem Eingang des Tempels.

Bei genauem Hinhören, nahm er auch noch einige andere Stimme wahr. Er erkannte die Stimme seiner Tante Clare und auch Kugi hatte an dem Stimmengewirr einen Anteil. Luke dämmerte es, wen Eirik mit „Meister" angesprochen hatte: Thorn!

Was sollte und konnte er jetzt unternehmen?

Nach etwas längerem Überlegen einigte er sich mit seinem Gehirn auf das, was in einer so spontanen Situation jeder getan hätte.

„Ich stürz mich einfach hinein, und schlag allen denn Kopf ab! Das kann doch nicht so schwierig sein", munterte sich Luke selber auf. „Also dann mal los!", gab er sich selber den Befehl.

Er holte einmal tief Luft und zückte sein Schwert. In Gedanken wiederholte er immer wieder Eiriks Worte: „Björns Schwert hat die Macht, die Sonne und den Mond zu einer gefährlichen Waffe zu zügeln."

Luke hob das Schwert und wollte auf den Mond zeigen. Doch da fiel ihm auf, dass der Himmel aufgrund des Sturmes voller Wolken war. Er senkte sein Schwert wieder. Als er die Hagelkristalle auf dem Boden sah, kam ihm eine Idee. Er machte hastig einen Schneeball. Mit Schneeball und Schwert bewaffnet ging Luke auf den Eingang des Tempels zu. Etwas zögerlich spähte er ins Innere hinein. Was er dort sah, kam ihm vor, wie der Siebte Himmel.

Ein gigantischer Brunnen stand in der Mitte des riesigen Raumes. Es floss dort aber kein Wasser, sondern Magma! Anfangs nur eine kleine Fontäne, aber nach wenigen Sekunden spritzte das Magma in der Größe eines Geysirs in die Luft. Luke sah zu, wie kurz darauf aus dem Boden ein spitzer Gesteinsbrocken in die Höhe schoss, und den Tempel in zwei Hälften teilte.

Luke wurde im selben Moment haushoch in die Lüfte geschleudert. Es ging ihm durch den Kopf, dass er einen Fall aus mehreren Metern Höhe auf den Boden wohl nicht überleben würde. Noch im Fall wurde er von einer ihm unbekannte, fliegenden Gestalt festgehalten. Die Gestalt trug eine Kapuze, wie ein Waldläufer. Und unter dieser erblickte er die ernste Miene von Sarah. Luke wollte sich gerade bedanken, doch es verschlug ihm die Sprache, als er Sarahs Blick folgte. Ein riesiges Feuerwesen thronte auf einem Vulkan in der Mitte der gespaltenen Tempelanlage. Mit einem gewaltigen Atemzug schleuderte das Monster Luke und Sarah zusammen mit einem Feuerball lachend von sich weg. Mazzuca!

DER NEUE HERRSCHER

Mühsam und mit manchem Stöhnen kämpfte Luke sich aus der dunklen Brühe, in der er gelandet waren. Der Feuerball hatte ihm nichts anhaben können, weil er neben Luke gelandet, und in dem wasserähnlichen Matsch sogleich verglüht war.

Luke plagte sich noch eine ganze Weile durch den Morast, bis ihn der Schlamm förmlich ausspuckte. Flutsch! Erleichtert legte Luke sich auf den Rücken und sah Sarah strampelnd in der Krone eines Baumes hängen. Sie fuchtelte so sehr herum, dass unter ihren Füßen ein ziemlich großer Ast brach, und sie mit sich und gute zwanzig andere Hölzern in die Tiefe riss. Luke schreckte erst zurück, dann entdeckte er aber, dass der Ast so viel weggerissen hatte, dass er freie Sicht auf den gigantischen Vulkan hatte. In diesem wütete die Gestalt aus Feuer und Elend, Mazzuca!

Er ließ Feuerbälle in seinen Händen erscheinen und schleuderte sie dann mit großem Vergnügen auf Wälder und Häuser, die er in seiner Nähe erkennen konnte. Am Fuße des Vulkans musste Luke auch ziemlich enttäuscht Iloutau entdecken, der wie ein Kleinkind um den Feuerriesen herumtanzte. Bei dem kindischen Anblick von Iloutau musste Luke kurz lachen. Bis ihm einfiel, dass er Schadenfreude empfand, während vor ihm ein verrückter Dämon das Dach eines Hauses mit einem Feuerball beschoss, und lachend zusah, wie es kurz darauf explodierte.

Luke konnte sich nicht mehr aus der Starre lösen, in die er gefallen war, bis in den Baum, der sich knapp neben ihm befand, ein Pfeil geschossen wurde. Das Holz lief erst grün an und zerbröckelte dann wie Kohle. Er drehte sich erschrocken um, und entdeckte mit einem offenstehenden Mund Sarah neben einem Mädchen stehen, das Luke schon einmal gesehen hatte, Chalypsa!

Sie hatte einen Bogen in der Hand und spannte gerade einen neuen Pfeil ein. „Nicht du schon wieder." Luke senkte seinen Kopf.

Chalypsa hatte früher einmal in Björns Dorf gelebt. Damals wollte sie mit Luke zusammen den Halauhju Berg bezwingen. Aber sie war ohne ihn losgeschlichen, abgestürzt und gestorben. „Luke!

Sie ist keine Seele, sondern eine Jägerin von Iloutau, die es geschafft hat, aus der Fesselung zu entkommen", versuchte Sarah in aufzumuntern.

Doch Luke hörte ihr gar nicht zu, sondern musste etwas Schreckliches mit ansehen. Iloutau hatte sich auf den Halauhju Berg gestürzt und geschätzte fünfzehn Meter von der Spitze abgerissen. Dieses Gestein schleuderte er jetzt gerade in die Richtung, wo sich die Freunde befanden. „Kacke! Er hat uns entdeckt!", schrie Luke warnend und sprang, Sarah am Arm packend, aus der Schusslinie.

„Boom!" Mit einem lauten Krachen donnerte die Spitze des Bergs in unmittelbarer Nähe der Drei zu Boden. Sarah wurde mit Luke zusammen ein paar Meter weiter gegen einen Baumstamm geschleudert. Luke, der mit voller Wucht mit seinem Rücken an den Stamm geprallt war, schrie auf und kam nur mit Mühe wieder auf die Beine. Gerade wollte er Sarah aufhelfen, doch Iloutau hatte bereits einen Feuerball neben sie geschleudert. Durch den Druck des Feuers löste sich ein Stein, der genau gegen Lukes Kopf knallte, sodass dieser ohnmächtig wurde. „Immer das gleiche mit Dem", fluchte Sarah, „mitten im Kampf schläft er ein und ich darf ihn retten!"

Wütend packte sie Luke an seinen Beinen und zog ihn aus dem Schussfeld des Dämons.

Schweiß überströmt fand Sarah glücklicherweise eine kleine Felsnische, in die sie Luke legte. Dann lockte sie mit lautem Schreien Iloutau von Lukes Ablageplatz weg. „Hey, du hässliches Gemisch aus Feuer und Dummheit! Fang mich doch!"

Sie fuchtelte wild mit ihren Armen und rannte von dem schützenden Felsen weg und wieder in den Wald hinein.

Ihre Lungen fühlte sich an, als ob sie bald keine Luft mehr hätte. Doch bei dem Gedanken, dass Iloutau sie und Luke wie Insekten zerquetschen würde, wenn sie stehen bliebe, baute sie neue Kraft auf, und rannte in noch schnellerem Tempo weiter. Ihre Waden brannten und sie hatte das Gefühl, als würden tausende Messern durch ihre Muskeln tanzen, und durchgehend versuchen sich mit den scharfen Spitzen durch ihre Beinhaut nach außen zu schneiden. Sie rannte immer weiter, bis sie über eine strauchelte und über eine ziemlich große Wurzel stolperte. Dabei bemerkte sie, dass

Iloutau sie nicht mehr verfolgte, sondern in die Richtung zurückging, in der Sarah Luke zurückgelassen hatte. „Nein, bitte nicht schon wieder." Sarah wollte abermals losrennen, doch ein gewaltiger Schmerzensschrei, der eindeutig von Iloutau stammte, hielt sie davon ab.

Zuerst wusste sie nicht wieso dieser so grässlich aufschrie, doch dann erkannte sie Luke, der in einer Baumkrone klemmte, und gerade Chalypsa mit hastigen Bewegungen aufforderte, denn Bogen zu benutzen. Sie nickte weise, und schoss gleichzeitig mit zusammengekniffenen Augen einen Pfeil auf den Dämon. Der gezielte Pfeil bohrte sich in ein Auge von Iloutau. Anstatt Blut kam eine goldfarbene, dickflüssige Form von Dämonenblut zum Vorschein. „Ich schmelze!" Iloutau griff sich brüllend an sein getroffenes Auge und riss sich den Pfeil heraus. Er warf ihn weg, und ging mit einem gewaltigen Stampfen wieder auf Sarah los. Sarah musste sich sehr viel Mühe geben, um den Hieben des Dämons auszuweichen. Immer und immer wieder rollte sie sich zur Seite.

Die Klauen des Dämons verfehlte sie jedes Mal nur um Haares Breite. Dann gelang es Sarah wieder auf ihre Beine zu kommen und sie sprang zwischen Bäumen und Büschen umher, um den Schlägen und Tritten von Iloutau auszuweichen.

Iloutau versuchte gerade wieder auf Sarah einzutreten, wurde aber in der Seite von einem Feuerball getroffen und weggeschleudert. Ziemlich erstaunt schaute Sarah in die Richtung aus der der Feuerball gekommen war. Sie konnte es kaum glauben, denn es war Mazzuca, der aus Versehen einen Feuerball auf Iloutau geschleudert hatte.

Die gigantische Kugel aus Feuer hatte denn Dämon so geschwächt, dass er jetzt brüllend am Boden lag und sich vor Schmerzen hin und her wälzte. Chalypsa nutzte diese Chance aus, und spannte drei Pfeile gleichzeitig in ihren Bogen ein. Diese feuerte sie sodann auf Iloutau ab.

„Ting! Tang! Tong!" Die Pfeile bohrten sich in den Oberkörper des Dämons und es wurde totenstill. Regungslos lag Iloutau auf dem Boden. Doch jeder hier wusste, dass man den Hass, der in Ihm wütete, niemals töten konnte.

Luke zeigte auf die riesige Gestalt aus Rauch und Feuer, die auf Sarah zu kam. Mazzuca! Er sprang gerade in die Höhe, und wollte offensichtlich

Sarah unter sich begraben. Doch kurz vor dem Aufprall wurde er von einer Gesteinsspitze des Halauhju Berges durchbohrt und löste sich in blauen Staub auf.

Sarah wirbelte ihrem Kopf herum. Sie konnte gerade noch rechtzeitig ausweichen, denn Iloutau bäumte sich wieder auf und erstrahlte wie eine Lampe, bevor er explodierte. Die helle Gestalt befand sich direkt vor Sarah, und versank langsam und lachend im Erdboden.

Doch Iloutau war nicht mehr Iloutau. Er war in einer anderen Gestalt. In der Gestalt von Mazzuca!

Als Iloutau vollkommen im Boden verschwunden war, konnte man bis auf den eingesenkten Boden nichts mehr entdecken, das darauf hinwies, dass hier gerade ein Dämon gestanden war.

Der Vulkan war verschwunden und die vielen brennenden Wälder standen unberührt da. Ziemlich verwirrt stand Luke vom Boden auf und brachte dann ein erleichtertes Lächeln zustande.

Sarah und Chalypsa grinsten einander auch an.

MEISTER RISAPOSS

Luke und Sarah saßen an einem wärmenden Lagerfeuer und lachten sich halb Tod über die Grimassen, die der andere schnitt. Sarah machte gerade einen Affen nach, als aus der Dunkelheit Chalypsa hervorkam und hinter sich ein totes Reh heranzog. Das Wild hatte drei Pfeile in der Brust und zwei Pfeile im Kopf. Vertrocknetes Blut war an den Wunden des Rehs zu sehen. Keuchend ließ sie ihre Beute neben dem Feuer fallen. Dann ließ sie sich mit Angestrengtem Atem auf den Boden fallen. Luke zuckte nur mit den Schultern und legte sich neben Sarah und Chalypsa auf den Boden, um zu schlafen. Er fiel in einen traumlosen tiefen Schlaf.

Ausgeschlafen wurde er von einem gewaltigen Gebrüll aus dem Genuss des wohlhabendes gerissen. Er entdeckte Sarah und sah, wie sie gerade Claradoss sattelte. Chalypsa stand neben ihr und steckte sich gerade an die fünfzig Pfeile in ihren Köcher. Das Gebrüll wurde immer lauter. Luke schaute sich um und nahm dann auch wahr, wer seinen Schlaf so gewaltig gestört hatte. Ein Mann in blauen, langen Gewändern stand auf einem erhöhten Felsen oberhalb des Hügelkamms. Er hielt einen langen Stab in der Hand. Lukes Augen erblindeten fast, als ein blutroter Blitz aus dem Stab entfuhr und in die Richtung des Gebrülls schoss. „Riasquöl!", schrie der Mann, und noch drei Blitze schossen aus dem Stab auf das Gebrüll zu. „Kommt, steigt auf!", schrie Sarah durch den ohrenbetäubenden Lärm der Blitze hindurch Chalypsa und Luke zu. Die Beiden gehorchten. Als alle drei auf Claradoss Rücken saßen, galoppierte der Hengst in Spitzengeschwindigkeit los. „Schneller Claradoss! Schneller!", rief Sarah durch den Donner und das weiße Pferd gehorchte seiner Besitzerin aufs Wort. Sie ritten immer und immer schneller über den Hügelkamm, dem eigentümlichen Mann mit dem Blitzstab entgegen.

Als die Freunde am Felsen ankamen, sprang Sarah direkt von ihrem Pferd auf die steile Steinwand und kletterte nach oben. Nach ihr kletterte Luke nach oben. Als Schlusslicht war Chalypsa an der Reihe. „Gleich haben wir es geschafft!", schrie Sarah durch das Getöse ihren

Begleitern zu und zog sich das letzte Stück auf die Spitze des Felsen.

Es eröffnete sich ihre ein kleine Fläche, auf der ein altes, zerfallenes Häuschen stand. Der Mann, mit dem blauen Gewand, bemerkte Sarah erst, nachdem auch Luke und Chalypsa das kleine Plateau erklommen hatten. Als er die Drei sah, erhob er seinen Anblick gegen den Himmel und fluchte: „Du schickst mir drei Teenager, wo ich Ritter brauche! Du bist ein blöder Gott! Na egal, du antwortest ja sowieso nicht." Dann dreht er sich den Dreien zu und sagte doch etwas entspannter: „Ihr müsst mir helfen. Dieses Biest will mein Leben auslöschen."

„Welches Biest denn?", fragte Sarah verdutzt.

„Dieses Biest!", schrie der Alte und wies Richtung Norden. Dann rannte er in seine Hütte. Sarah blickte verdutzt in die gezeigte Richtung und konnte nicht glauben, auf was dieser Spinner gerade gezeigt hatte.

Ein schwarzer Drache mit hellen, gelben Augen stand ein paar Meter von Sarah entfernt. Er baute seinen starken Körper prachtvoll vor ihr auf.

Lange schwungvolle, golden strahlende Blitze zogen sich prachtvoll über den Körper des Drachen. Er schaute Sarah liebevoll an.

Furchtlos, aber doch langsam, schritt Sarah auf den Drachen zu. Als sie direkt vor ihm stand, legte sie ihm ihre Hand auf den Kopf, den er zu ihr herabgesenkt hatte. „So ist brav", flüsterte sie dem wunderbaren Geschöpf beruhigend ins Ohr. Der Drache war in etwa so groß wie ihr weißer Hengst. Er konnte offensichtlich weder Feuer speien, noch fliegen. Hatte aber dennoch Flügel, Luke dachte kurz nach und entschloss das der Drache wohl noch sehr jung war und dies erst noch lernen musste. Doch als der Alte wieder aus seiner Hütte kam, fauchte er ihn böse an und erhob seine kleinen Flügel. „Erobi qêi nosla!", schrie der Mann aus Leibeskräften und etwas, das aussah wie bröckelige Erde, donnerte auf den Drachen ein. „Nein!", schrie Sarah und baute sich vor dem Drachen auf. Mit ihrer Brust fing sie den Erdstrahl ab. Der Drache fauchte auf und versucht den alten Mann mit seinem Schwanz zu erwischen. Dieser sprach aber gelassen: „Aliasa."

Daraufhin sperrte ein Feuerring den Drachen und Sarah ein. Sarah fiel dem schein nach tot zu

Boden. Chalypsa schrie und rannte auf den Feuerring zu. Luke rannte ihr nach und wollte Chalypsa noch vor dem Feuer retten.

Doch zu seinem Erstaunen lief Chalypsa einfach durch das Feuer hindurch und holte Sarah heraus. Luke hatte vergessen, dass Chalypsa eine der Wachen von einem Feuerdämon war, und Feuer für sie wie Luft war. Der alte Mann stand nur da und starrte mit großen Augen auf Sarah. Er keuchte leise: „Was habe ich nur getan?"

Lukes Kopf lief rot an vor Zorn. Er zog sein Schwert und ging auf den Alten los. Doch dieser blieb gelassen stehen und murmelte wieder: „Riasquöl." Und wieder entfuhr dem Stab ein Blitz. Im selben Augenblick schoss ein Gedanke durch Luke Kopf. Er wehrte den Blitz mit Björns Schwert ab und ein Symbol leuchtete hell auf. „Aha! Du hast Quixa!"

Luke ließ das Schwert bei diesen Worten langsam wieder sinken. „Kannst du meiner Freundin nicht helfen?" „Mit Leichtigkeit. Bringt sie her."

Luke erzählte Chalypsa, dass der Mann Sarah helfen könnte und sie willigten nach kurzem

Überlegen ein. Sie übergaben Sarahs leblosen Körper dem alten Mann. Dieser ließ den Mädchenkörper, ohne diesen zu berühren, hinter sich her in die Hütte schweben. Dahinter betraten Luke und Chalypsa die Hütte.

Die Beiden trauten ihren Augen nicht. Die kleine Hütte war im Inneren eine riesige Bibliothek, in deren Mitte die Statue eines jungen Mannes stand. Iloutau.

In seiner menschlichen Gestalt sah Iloutau arrogant, aber prachtvoll aus. Luke glaubte sogar ein Lächeln in dem Gesicht der Statue zu erkennen.

„Wer bist du?", fragte Chalypsa den Alten, nachdem dieser Sarah auf einen Tisch abgelegt hatte. „Verzeiht mir. Ich habe mich noch gar nicht vorgestellt. Mein Name ist Meister Risaposs. Ich bin ein Magier." Luke blickte den angeblichen Zauberer skeptisch an. Der Alte legte seine Hände über Sarahs Brustkorb und murmelte: „Obamy dâ kreú!"

Seine Handflächen leuchteten hell auf und ein roserotes Licht tauchte in Sarahs Körper ein.

Dann leuchtete der Mädchenkörper kurz pink auf und kam hustend zu Bewusstsein. „Na geht doch."

Meister Risaposs klatschte sich in die Hände und vollführte einen kleinen Freudentanz.

„Wie machst du das?", fragte Luke denn Alten. Sofort hörte er auf zu lachen, und hatte einen traurigen, unsicheren Blick. „Magie", sagte er.

„Ich möchte euch etwas erzählen, über das ich seit hundert Jahren nicht gesprochen habe. Aber wenn ich es euch jetzt sage, dann hört zu und unterbrecht mich nicht. Außerdem müsst ihr die richtige Frage stellen! Verstanden?" Luke, Sarah und Chalypsa nickten zugleich, und setzen sich im Kreis um den Magier, der es sich auf dem Tisch, auf dem Sarah eben noch gelegen hatte gemütlich machte.

„Also, was wollt ihr noch einmal wissen?", musterte der Magier die Freunde fragend.

Luke wollte schon etwas sagen, doch Sarah kam ihm mit einer Frage zuvor: „Warum hast du eine Statue von Iloutau in deinem Haus?" Der Magier lächelte und nickte.

Daraufhin begann er zu erzählen: „Iloutau ist ein Dämon. Doch er ist nicht der Stärkste. Es gab vor langer Zeit einen Ur-Dämonen mit dem Namen Ado Drewan. Er erfand die Magie und schenkte den Menschen das Feuer.

Als Iloutau dann an die Macht kam, steckte er den Ur-Dämonen in das Ewige Leid, wo er heute noch ist. Ich glaube, dass wenn ich ewiges Leid sage, sagt das schon aus, was es ist."

Luke nickte kurz und lauschte dann gespannt, als der Magier weitersprach.

„Der schon als Dämon geborene X-Aldor ließ nicht zu, dass Ado Drewan verbannt wurde. Er stellte sich Iloutaus Macht entgegen und forderte diesen zum Kampf heraus. Er wusste nicht, wieviel Macht in Iloutau steckte und er verlor den direkten Kampf gegen ihn. Iloutau verbannte ihn, und überließ ihn der verbannten Welt. Iloutau war der Stärkste von allen, doch vor einem hatte auch er Angst. Vor Júgger! Das war der König von Idea. Júgger war einer von den Wenigen auf dieser Welt, die den Stahl der Zwerge besaß. Júgger wollte nicht, dass Zwerge in Idea lebten. Deshalb tötete er sie. Den Zwergenstahl jedoch nahm er an sich. Denn er wusste, dass dieser magisch war. Aus dem Stahl der Zwerge ließ er sich seine Krone fertigen. Diese trägt er noch heute. Diese Krone ist das mächtigste Artefakt der gesamten Welt. Das gesamte Zwergenstahl ist magisch und hat eine unglaubliche Macht. Júgger hat unzählige Waffen aus Zwergenstahl für seine magische Krone einschmelzen lassen. Die magische Krone von Idea! Iloutau hat solche Angst von Júgger, dass er alle verstorbenen Kinder zu seinen Jägern macht.

Deshalb wurdest auch du, Chalypsa, in eine Jägerin verwandelt. Man nennt diese Jäger auch Jägys. Diese haben die Gabe, ihr Ziel immer zu treffen. Das kann man nur mit Magie verhindern, Luke." Verwirrt unterbrach Luke den Meister und fragte die eine frage die ihn schon etwas länger beschäftigte. „Woher kennst du unsere Namen?" Der Magier blinzelte ihn Böse an. „Noch einmal unterbrichst du mich und ich werfe dich den Felsen hinunter! Zügle dich junger Mann! Woher ich eure Namen kenne ist sehr einfach. Ich sehe euch an was ihr für Namen habt. Das ist eine Meiner Gaben. Also...wo waren wir stehen geblieben...ah genau bei deinem Schwert junger Mann.

Quixa, das Schwert in deiner Scheide, ist eines von den letzten Gegenständen aus Zwergenstahl. Und falls es jemals wieder mehr von diesem magischen Stahl geben sollte, muss ich dir sagen, dass es nur noch zwei Zwerge gibt. Wir müssen sie zusammenbringen, damit jeder von euch eine Waffe bekommt. Um dies zu tun müssen wir die Zwerge finden und eure Begabung. Jeder von euch hat eine Begabung auch wenn sie nicht Magisch ist sie dennoch Stark. Bei Luke zum Beispiel ist es das Schwertkämpfen. Bei Chalypsa wird es das Bogenschießen sein und ich glaube Sarah kann gut mit Tieren umgehen. Doch kommen wir zurück zum Thema.

Der erste Zwerg lebt im Orial Gebirge und der andere auf dem Qui. Der Qui ist der zweit größte Berg von Idea und liegt von normalen Menschen unentdeckt im Seelen Gebirge. Luke, du musste die beiden Zwerge finden! Du musst deine Pflicht erfüllen. Also würde ich vorschlagen, dass du nach Wadera gehst. Suche den ersten Zwerg im Orial Gebirge."

Der Magier wollte weitererzählen, doch wie aus einem Wasserfall sprudelte aus Sarah heraus: „Kannst du uns in Magie unterrichten?" Luke wollte ihr wiedersprechen, doch der Magier sagte ganz gelassen: „Wenn ihr das tut, was ich euch sage, werde ich euch das Nötigste beibringen." „Wirklich?", fragt Luke und blickte dem Magier direkt in die Augen. „Ja, aber ihr müsst mir gehorchen, und zwar aufs Wort."

Die Freunde willigten ein. Nach einer kleinen Lagebesprechung gab ihnen Meister Risaposs Bettzeug und verschwand in den gigantischen Fluren seiner Hütte.

Der Magier hatte Luke zugesagt, ihn in Magie und Sarah im Umgang mit Drachen zu unterrichten. Sarah hatte den kleinen, schwarzen Drachen Byron getauft.

Chalypsa machte er einfach einen Gefallen und bot ihr ein Zuhause an.

Als Meister Risaposs wiederkam, führte er die Freunde spät am Abend zu ihren Zimmern. Und wieder waren die Freunde erstaun, wie gigantisch riesig das Gebäude im Innern wirklich war.

Es verfügte über einen Speiseraum, eine riesige Halle, wo die Bibliothek lag, eine Küche, viele verschiedene Zimmer und das Abteil, in dem Meister Risaposs immer verschwand.

Sarah und Chalypsa bekamen ein Zimmer, und Luke durfte ein Einzelzimmer beziehen. Nachdem es sich jeder Einzelne so gemütlich wie unter diesen Umständen nur möglich gemacht hatte, legten sich die Freunde in ihre wunderbaren Betten und schliefen augenblicklich ein.

ERSTE LEHRSTUNDEN

„Riasquöl heißt der Blitz und Obamy dâ Kreú bedeutet heile das Unkraut!" Meister Risaposs trieb sich beinah selber in den Wahnsinn, indem er Luke Magie beizubringen versuchte. Deshalb befahl er ihm zu meditieren und widmete sich Sarah, die versuchte Byron das Fliegen beizubringen. „Schluss mit den Spielchen", sprach der Magier verärgert, als er Sarah wieder wild mit den Armen fuchteln sah. „Er versteht nicht, was ich ihm sagen will." Sarah verfluchte ihren Drachen kurz, doch sie konnte nicht lange auf ihn wütend sein.

Etwas später saß sie unruhig vor ihrem Lehrer. Der alte Mann hielt einen sicheren Abstand zu Byron, denn er wollte nicht als Frühstück enden. „Sarah, du musst versuchen deinen Drachen zu kontrollieren." Mit diesen Worten schoss der Magier einen Pfeil in Richtung Byron, der diesen nur knapp verfehlte. Dafür musste er ein Brüllen von dem Drachen einfangen. Zudem sprang Byron blitzschnell auf und wollte den Magier zerstampfen, doch Sarah hob die Hand und der Drache beruhigte sich und setzte sich wieder auf seinen Platz. „Ist das Krass!" Sie jubelte dem Magier zu, der ein breites Lächeln auf dem Gesicht trug. Doch der Drache ließ sich nicht gefallen, dass er als Zielscheibe diente und rappelte sich wieder auf und rannte brüllend auf Risaposs zu. „Halt!" Sarah versuchte Byron aufzuhalten, doch diesmal scheiterte ihr Befehl und ihr Drache sprang in hohem Bogen auf den Magier zu. Chalypsa Spazierte gerade an dem Geschehen und sprang aus Reflex vor den Magier. Ein lauter Schrei! Dann klatschte Chalypsa auf die Oberfläche eines Felsens auf und bewegte sich nicht mehr.

Luke, der die Szene bis dahin aus eine sicheren Entfernung beobachtet hatte, rannte hastig zu ihr und drehte sich mit einem schrägen Gesichtsausdruck zu Sarah um.

„Seht mal." Dann zeigte er auf seine am Boden liegende Freundin und musterte sie verwundert.

Ihre leicht grünliche Schicht, die wie eine zweite Haut ihren Körper umgab, löste sich langsam auf und auch ihre Kleider, die sie als Jägerin des

Bösen darstellten, verblassten. Stück für Stück kamen ihre echten, roten, langen Haare wieder zum Vorschein. Der Umwandlungsprozess ging so weit, dass sie nach wenigen Minuten, nur noch in zerfetzte Lumpen gehüllt, auf dem Stein saß. Mit einem Windhauch fuhr wieder Leben in Chalypsa ein und sie setzte sich zitternd auf. Dabei blickte sie Risaposs und Luke böse an die sich aber schon pfeifend umgedreht hatten. Sarah eilte zu ihr und deckte sie mit seiner Jacke zu. Meister Risaposs brachte ihr neue Kleider, und stellte nach einer kleinen Untersuchung freudig fest, dass Chalypsa wieder sterblich war.

All das, was für sie als Jägerin leicht war, konnte sie jetzt nicht einmal mehr. Als sie ihren alten Bogen in die Hand nahm und versuchte zu schießen, brach sie unter seinem Gewicht zusammen.

Der Alte begleitete die drei Freunde wieder zurück in seine geräumige Hütte, die den Dreien im Moment als Zuhause diente. „Wir machen Morgen weiter", sagte ihr Lehrer als letzte Worte, bevor er die Freunde in ihre Betten jagte.

Der Drache legte sich wachsam vor die Hüttentür.

REISE NACH WADERA

Als Luke sich mit Chalypsa und zwei vollbepackten Rücksäcken auf den Weg nach Wadera machte wurden sie von Meister Risaposs aufgehalten. Er hatte zwei Pferde gesattelt und überreichte sie den Freunden. „Sarah ist mit Claradoss und Byron schon vorgeritten. Sie kann nämlich nicht mit einem Drachen der Hauptstraße nach Wadera entlang, da so eine Kreatur nicht gesehen werden darf", rief er denn Freunden noch hinterher, bevor sie in schnellem Galopp in Richtung Hauptstraße davonritten.

Nach kurzer Zeit waren sie an der Hauptstraße und orientierten sich an einem Straßenschild. „Wenn wir nach Wadera wollen, können wir immer unterhalb des Halauhju Berges gradewegs nach Kaulýa reiten", erklärte Chalypsa Luke und galoppierte triumphieren auf den Halauhju Berg zu.

Erst nach mehreren Tagen langweiliger Reise, erreichten Luke und Chalypsa die Kleinstadt Kaulýa. Das Städtchen war schon von Weitem zu sehen. Die vielen Lichter in den Gassen erhellten den Ereb Kanal zu einem hell funkelnden Fluss. Schwungvoll glitten die Wellen dahin, als Luke und Chalypsa die Hauptbrücke nach Kaulýa überquerten. Die Stadt wurde vom Ereb Kanal umkreist und war nur erreichbar, wenn man eine der vier Brücken überquerte.

Sie ritten still durch die noch schlafende Kleinstadt. Beim Stadtschmied entdeckten sie einen offenen Stall. Dort schlüpften sie zum Ausruhen unter.

Luke hatte sein Pferd Lucie getauft. Die Stute war pechschwarz und etwas kleiner als Chalypsas Hengst. Sie ernannte ihren Hengst den Schnellen Hermes. Abgeschlagen von der langen Reise, legten sie die beiden zu ihren Pferden ins weiche Stroh und schliefen augenblicklich ein.

Am Morgen wurden sie durch das Gebrüll des Schmied unsanft geweckt. Schnell suchten sie das Weite, als dieser sie auch noch mit einem Krummschwert angriff.

Ihre Reise ging beschwerlich, aber ohne nennenswerter Zwischenfälle weiter. Luke musste sich mehrmals die eingeschlafenen Beine wieder wach treten. Immer wieder verkrampften sich seine Füße und er musste sie unter Schmerzen wieder lockern. Chalypsa ließ die Zeitverschwendung aus, aber einen stechenden Schmerz in ihren Oberschenkel konnte sie trotzdem nicht leugnen. „Die nächste Ortschaft wäre Packabe. Dort könnten wir uns ausruhen", schlug Luke nach mehreren Stunden vor. „Damit wir noch mehr Zeit verplempern? Niemals!", kündigte Chalypsa aufgebracht an und steigerte ihr Tempo.

Nach Packabe hatte Luke immer schon einmal gewollt. Und jetzt, als er die Chance gehabt hätte seinen Traum zu verwirklichen, ritt er mit stechenden Schmerzen in den Beinen an seinem Wunschort vorbei. Ein beißender Qualm umhüllte das Städtchen.

Der Ort wurde zu diesem Zeitpunkt gerade von den Husken wortwörtlich abgefackelt.

Die Husken waren eine Art Elitepolizei von Idea und suchten in Packabe gerade nach gesetzlich verbotenen Schwertschmugglern, die mit ihren Geschäften ein Vermögen verdienten. Sie klauten Schwerter von Schmieden aus Wadera und Opbank, um sie anderorts für viel Geld zu verkaufen. Sobald ein Huske einen dieser Schmuggler aufgespürt hatte, wurde dieser festgenommen, gefesselt und mit Gewalt nach Wadera gebracht. Denn dies war der Hauptsitz der Husken. Dort wurde dann über Leben oder Tod des Schmugglers entschieden.

Luke konnte gerade einen der Husken sehen, wie er in einem Lanzengefecht einem dieser Schmuggler die Waffe in die Hüfte rammte. Mit einem betrübten Seufzer trat Luke Lucie den Stiefel in die Seite und nahm Chalypsas Verfolgung wieder auf.

Die Reise der Freunde wurde mit jedem Schritt beschwerlicher. Es zogen gewaltige Stürme umher, die teilweise Luke die Kleider vom Leib gerissen hatten.

Gefühlt waren Luke und Chalypsa bereits seit Wochen unterwegs.

Sie befanden sich momentan im Grenzgebiet zwischen dem Abras und dem Orial Gebirge.

In Schritttempo trotteten ihre Rösser der Hauptstraße entlang und Luke seufzte hörbar. Die Hitze der Sonne drosch erbarmungslos auf die Reiter und ihre Pferde ein und raubte ihnen ihre letzten Kräfte. „Ich finde...wir sollten eine...Pause...einlegen", jammerte Luke zum wiederholten Mal. Das Gejammer traf die fröhlich dahinpfeifende Chalypsa wie einen Schlag. „Du hast sie wohl nicht mehr alle! Nach dem Stand der Sonne haben wir erst Mittag und du willst eine Pause machen? Ich glaub ich hör nicht richtig!" Chalypsa hielt ihm einen langen Vortrag darüber, wie verweichlicht er geworden sei, und widerholte nach jedem Satz, dass sie fassungslos sei.

Irgendwann rollte Luke sich aber einfach von Lucie herunter und ließ sich auf den Boden fallen. Die beiden Pferde folgten Lukes Beispiel. Und als sich Hermes zur Seite hinlegten, fiel auch Chalypsa auf den Boden. Sie schimpfte beleidigt vor sich hin. Doch dann merkte auch sie, wie müde sie war und legte sich doch noch zufrieden neben das von Luke bereits entfachte Feuer.

Pferde und Reiter schlief bald ein, obwohl die Sonne noch nicht untergegangen war. Und sie schliefen bis zum nächsten Morgen.

Mit brennenden Fußsohlen rannte Luke in der Dämmerung einem verletzten Reh hinterher. Als er es eingeholt hatte, stürzte er sich wie ein Kannibale auf es. „Sorry, aber das musste sein", sagte er zu dem toten Tier, das ausgestreckt vor ihm lag, und Quixa in seinem Brustkorb stecken hatte. Hungrig schnitt er alle essbaren Teile des Rehs ab und brachte sie zum Rastplatz zurück. Diesmal hatte Chalypsa ein Feuer gemacht. Sie grillten das Fleisch und aßen es genussvoll. Dazu gab es steinaltes Brot und eine Flasche Wasser, die Chalypsa in einem nahegelegenen Bach aufgefüllt hatte. Dort hatte sie auch gleich die Pferde getränkt.

Nach dem Festmahl packten sie das restliche Fleisch und Brot wieder ein und setzten am frühen Mittag ihre Reise fort.

Erst am späten Abend legten sie die nächste Rast ein und verzehrten das restliche Reh.

Von nun an ging die Hauptstraße immer an dem Orial Fluss entlang bis nach Wadera, wo er ins Meer mündete.

Mit jedem Tag veränderte sich die Landschaft immer mehr und der Fluss wurde deutlich breiter.

Die Berge wurden niedriger und entfernten sich immer weiter vom Fluss. Die Straße wurde immer voller mit Händlern und Karawanen, die auf dem Weg in die Hauptstadt waren. Schon bald ritten Luke und Chalypsa nur wenige hundert Meter vor einer riesigen Gemeinschaft von Soldaten, Händlern, Familien und großen Gruppen am Orial Fluss entlang. Und endlich erreichten sie den Grenzposten in Richtung Wadera, der am Straßenrand eingerichtet war.

NAHER SCHATTEN

Nach weiteren, beschwerlichen Tagen der Reise und immer nur trocknem Fleisch und staubiges Brot als Nahrung, meinte Luke am Horizont ein großes Tor zu sehen. Hoffnung keimte bei Luke wieder auf. Er trieb Lucie an, ihr Tempo zu steigern. Ohne auf das schmerzvolle Wiehern seines Pferdes zu hören, stieß er seine Füße in Lucies Seiten und konnte bald seine ewigen Wünsche in Realität sehen. Er war in Wadera.

Das riesige Tor mit der Aufschrift „Willkommen in Wadera" thronte viele Meter über Lukes kleinem Schädel. Das eingelassene Gold blendete seine Augen. „Hop! Hop!" Chalypsa drängte sich hinter Luke zusammen mit der anderen Menschenmenge unter dem gigantischen Torbogen hindurch. Die lange graue Ziegelmauer schlängelte sich seitwärts von ihnen durch die flache Landschaft. Luke konnte das Brausen und Tosen des Meeres in der Orial Bucht hören.

Das Orial Meer war nicht weit entfernt, doch einen Blick darauf konnte Luke noch nicht ergattern. Gaukler und jede Menge schaulustiger Menschen winkten Luke und Chalypsa auf ihren Pferden freundlich zu.

Ein Mann, der auf einer Kutsche plötzlich neben ihnen herfuhr, warf den beiden Freunden zu ihrem Erstaunen einen Sack zu, den Luke gekonnt auffing. Der Sack enthielt viele Taler. Luke steckte die Münzen erfreut in Lucies Satteltasche und merkte erst jetzt, dass er Goldmünzen mit sich herumtrug. Luke schloss die Tasche sorgsam wieder. Dann suchte er sich ein Ziel in Sichtweite, auf das er zusteuern könnte. Er wollte nicht sofort auf die Mission ins Orial Gebirge gehen, sondern sich noch etwas in Wadera amüsieren.

Mit Chalypsa an seiner Seite streifte Luke an den hohen Häusern und einem unglaublich gigantischen Kirchturm vorbei.

Er hatte immer gehört, dass es in Wadera so viele, gute Schmiede geben sollte. Doch jetzt, da er hier war, konnte er keinen einzigen finden.

Luke und Chalypsa brauchten dringend neu Kleider und bei dem vielen Geld, das sie jetzt besaßen, wäre eine Rüstung auch noch drinnen gewesen.

Durch viele kleine und große Gassen führte sie ihr Weg, bis sie erleichtert fanden was sie suchten. „Schmidhauser Rüstungsbauer" stand auf einem Schild über ihren Köpfen. Die Freunde banden die Pferde vor dem Haus fest und betraten sie den Laden.

Der Eingangsbereich war klein und eng, aber voll mit prachtvollen Rüstungen aus Metall und Silber. Luke wusste das er hier richtig war und knallte sein gesamtes Gold auf den Tresen. „Das Beste, was es dafür zu kaufen gibt, bitte." Der Schmied schaute ihn verdutzt an. Dann aber nahm er das Gold und stellte es auf die Waage. Mit einem Lächeln verschwand er hinter einer Türe. Nach einigen Minuten kam eine Frau dann aus der Hintertür. Sie nahm auch noch Chalypsas Wünsche entgegen, bevor sie die Freunde durch ein kleines Treppenhaus zu einem Zimmer führte.

„Mein Chef wird einige Tage an euren Wünschen arbeiten und solange soll das euer

Zuhause sein. Außerdem besteht er darauf, dass ihr den vorgegebenen Bereich nicht verlassen dürft, da er befürchtet, dass ihr ihm in der Nacht etwas stehlen könntet. Hier sind zwei Betten, ein Wasserkrug, Essen und ein Plumpsklo. Um eure Pferde werde ich mich kümmern und falls es noch Fragen gibt könnt ihr jederzeit zur Rezeption kommen, den Bereich werde ich euch später erklären." Dies sagte die Dame noch nett, bevor sie die Tür zumachte und von außen abschloss. Ihre Schritte entfernten sich schnell.

„Na, toll!", schnauzte Chalypsa und ließ sich in ihr Bett fallen. Stöhnend legte Luke sich in die andere Pritsche und schloss nach einigen Flüchen auch seine Augen. Er konnte ja im Moment nichts Anderes tun.

Die Tage vergingen nur langsam und die meiste Zeit verbrachte Luke damit sich zu ärgern und sich Sorgen um Sarah zu machen. Der vorgegebene Bereich war nicht gerade Groß, sie konnten ein bisschen in die Stadt gehen, das Meer allerdings kam ihnen immer noch nicht zu Augen. Sarah musste einen riesigen Umweg machen, und war jetzt wohl gerade dort, wo Luke schon vor einer Woche war.

Luke redete nicht viel mit Chalypsa. Als die nette Dame, die sich den beiden mit Celia vorgestellt hatte, nach drei Tagen wiederkam und ihnen die Türe öffnete, sprinteten Luke und Chalypsa an ihr vorbei nach unten. Lächelnd und schweißgebadet erwartet sie der Schmied am unteren Ende der Treppe. Er trat mit Stolz erfüllter Brust zur Seite.

Zum Vorschein kamen zwei wundervoll aussehende Rüstungen. Beide waren aus dem besten Silber, und vor allem viel Leder, dass das Gewicht eingrenzte Verziert. Es war das schönste Stück, dass der Schmied besaß, sagte dieser. Sie leuchteten prachtvoll im Glanz der Sonne. Geschmeidig und perfekt zu ihren Körpern passenden waren sie angefertigt. Ihr glanzvolles Aussehen überstieg alles, was die zwei jungen Menschen jemals in ihrem Leben gesehen hatten.

Der Schmied nutzte die Chance, in der Luke auf seine Rüstung starrte, und zog ihm schnell Quixa aus der Scheide. „Was?!" Erschreckt schrie Luke aus und griff nach seinem Schwert. Doch der Schmied hielt ihn zurück und hielt Quixa neben die Silberbrust von seiner Rüstung. Das gleiche Symbol, wie es auf seinem Schwert zu finden war, leuchtete auf der Brust seiner Rüstung auf. Luke riss die Augen weit auf.

„Ich kenne deinen Vater", erzählte der Mann und gab Luke Quixa zurück. „Du meinst wohl kanntest", sagte Luke, und Tränen traten in seine Augen. Er blinzelte sie schnell weg. Dann bat er Celia, ihm beim Anziehen seiner Rüstung zu helfen. Die Frau brachte ihm noch Unterziehkleider. Anschließend half sie Luke die Rüstung anzuziehen.

Schnell war er in die Silberrüstung geschlüpft und machte flüssige Bewegungen mit seinem Schwert. Chalypsa hatte sich währenddessen selber ihre Rüstung angelegt. Auch diese passte, wie angegossen. Dankend verließen die beiden in ihren neuen silbernen Gewändern den Laden. Sie sprangen schwungvoll auf ihre Pferde. Gerade, als sie losreiten wollten, kam der Schmied aus seiner Werkstatt gerannt und rief ihnen zu, dass sie noch warten sollten. Dann kam er auf Luke zu und drückte ihm einen stabilen Silberhelm in den Schoß.

Auf der Stirn war das gleiche Symbol, wie es auch auf Quixa und der Rüstung zu erkennen war.

Als Luke ihn aufsetzte, leuchteten alle drei Symbol hell auf. „Du bist es!" Der Schmied lachte freudig und umarmte die neben ihm stehende Celia. Jetzt hatte auch die alte Frau Tränen in den Augen. Sie lächelte durch diese hindurch, als Luke und Chalypsa auf den Pferden davonritten. Bald waren sie aus der Gasse verschwunden und trabten in die riesige Hauptstadt von Idea ein.

Die Leute verstummten kurz, als sie die Reiter in ihren Rüstungen sahen. Manche zuckten mit verstörtem Blick mit den Schulten, um sich dann aber doch wieder zu ihrem eigenen Quatsch umzudrehen.

Die Freunde ritten unbeirrt und frohgemutes auf das scheinbar unendliche Meer zu. Der sandige Boden ließ Wölkchen aufsteigen, als sie dem Strand erreichten und dort entlang galoppierten.

Als die Dämmerung hereinbrach, suchten sie sich einen gemütlichen Platz innerhalb der Stadtmauer. Sie fanden ein lauschiges Plätzchen, etwas oberhalb der Mauer, mit Blick über das Meer. Dort ließen sie sich nieder. Zusammen genossen sie den Sonnenuntergang und redeten über Lukes Gedanken. Niemand bekamen die Freunde zu Gesicht, die die beiden an dem Abend beflügelte. Ihre Rüstungen, die sich wie eine zweite Haut um sie schmiegte, zogen sie nicht aus. Und nachdem sie genug gequatscht und gelacht hatten, schliefen sie mit einem Lächeln auf den Gesichtern neben den Pferden ein.

Doch ihr Schlaf dauerte nicht lange. Als Luke mitten in der Nacht von Chalypsa wachgerüttelt wurde, standen zwei großgewachsene Husken vor ihm. Ohne etwas zu sagen, packten sie die Freunde am silbernen Kragen, schleiften sie von der Mauer runter, dieser entlang und warfen sie schließlich aus einem offenen Tor vor die Stadt. Mit ihren Lanzen scheuchten sie Lucie und Hermes hinter ihnen her und ließen hinter ihnen schweigend das schwere Torgitter herunter.

An Schlaf war nicht mehr zu denken. Schimpfend und jammernd ritten die jungen Ritter im Lichterschein der Häuser von Wadera zum Fuße des Orial Gebirges.

Dort versuchten sie es sich auf den harten Steinen etwas gemütlich zu machen. Doch das Lager war für beide zu hart zum Schlafen.

Also machten sich Luke und Chalypsa nach einer kurzen Rast wieder auf den Weg.

Der Pfad, auf dem sie sich befanden war schwierig zu begehen, aber es war möglich. Luke saß auf Lucies Rücken und genoss das Gefühl zu sitzen. Das sollte schnell zu Ende gehen.

Die bevorstehende Strecke war für ein Pferd unbegehbar. So entschieden sich Luke und Chalypsa ihre wertvollen Wegbegleiter zurück zu lassen.

Zu Fuß ging die Reise weiter. Mit der Zeit mussten die beiden feststellen, dass ihren Rüstungen doch etwas schwerer als normale Kleider waren. Das zusätzliche Gewicht zu tragen, kostete den Freunden viel Kraft.

Es war zu anstrengend, um auf der Suche nach dem ersten Zwerg keine Pause einzulegen. Gierig verschlang Luke seinen Brotlaib und machte ein erschöpftes Gesicht.

Chalypsa teilte seinen Zustand und steckte sich müde auf den steinigen Boden aus. Augenblicke später war sie bereits tief eingeschlafen. Luke kämpfte noch gegen die bleierne Müdigkeit an, die ihn gepackt hatte. Als er sich gerade ergab und seine Augen schloss, drang ein lautes Lachen an sein Ohr. Sogleich war er wieder hellwach.

Schnell fuhr er hoch und blickte zu Chalypsa die friedlich zusammengerollt auf dem Boden lag.

„Nicht da, du Dummkopf! Ich bin hier unten", sagte eine Stimme und Luke blickte nach unten. Er konnte zuerst nichts erkennen. Dann streifte sein Blick über Quixa. „Du kannst sprechen?", fragte er verwundert sein Schwert.

„Wer kann sprechen?" Chalypsa war aufgewacht und drehte sich verstört zu Luke um. „Finde eine Ausrede für sie, du Blödmann. Ich spreche nur in deinen Gedanken", sprach sein Schwert in Lukes Kopf hinein und vibrierte in seiner Scheide. „Ähem, ich habe mit einem Stein gespielt", erklärte Luke seiner Freundin, die sich mit schüttelndem Kopf wieder umdrehte und weiterschlief.

„Warum kannst du sprechen?", fragte Luke in seinen Kopf hinein. „Weil ich magisch bin, du Genie", entgegnete Quixa beleidigt und stritt sich mit Luke um seine Manieren.

Irgendwann fand Luke dann doch noch etwas Schlaf.

Am nächsten Morgen machten sich die beiden Freunde weiter auf die Suche nach dem Zwerg. Als sie durch das Orial Gebirge wanderten, erklärte Quixa Luke, welchen Zwerg sie suchen müssten. Er habe den Namen Erontonguh, und sei der Zwerg des Orial Gebirges.

Doch die Stimme des Schwertes plauderte immerwährend weiter und weiter. Luke wurde mehr und mehr genervt. Als er das Gerede nicht länger aushalten konnte, drohte er seinem Schwert, dass er es in den nächsten Fluss schmissen würde, wenn es nicht aufhörte fortwährend zu quatschen. Quixa wusste, dass es nur mit Luke reden konnte, wenn er sein Schwert berührte. Deshalb hielt es nach der Ansage den Schnabel.

Die Reise der Freunde zog sich mehr und mehr dahin. Es wurde mit jedem Schritt anstrengender. Bald wurde der Fußmarsch für Luke und Chalypsa zur Folter für ihre Beine.

Erschöpft schmissen sie sich auf den steinigen Boden. Froh über die Erlösung seiner Füße, die er von sich streckte, nahm Luke einen tiefen Atemzug.

Im gleichen Moment flitzte ein dunkler, kleiner Schatten an der nahen Felswand entlang. Lukes Magen drehte sich fast um. Er verfluchte sein Schicksal, rappelte sich wieder auf und jagte mit Chalypsa im Schlepptau dem Schatten hinterher.

Doch der Schatten war schneller als die erschöpften Freunde und entkam ihnen in den Zerklüftungen des Berges. Keuchend und von Schmerzen in den Füßen gepeinigt bemitleidete Luke sich selbst und jammerte vor sich hin. Da erschien ein riesiges Geschöpf am Himmel.

Das Flugwesen hatte eine kleine Gestalt in den Klauen und verschwand mit ihm hinter einer Felsspitze. Zuletzt konnte Luke die stürmischen Blitze auf seiner Oberfläche erkennen die mit ihm vom Himmel schossen. Lukes Gedanken überschlugen sich.

Den Blick auf den Felsen fixiert, nahm er kurz darauf eine Person wahr, die in seine Richtung rannte. Auch wenn ihr Blondes Haar nicht im Wind geflattert hätte, wäre Luke sich sicher gewesen, dass es nur Sarah sein konnte. Er lief seiner Freundin mit offenen Armen entgegen. Es war ein gutes Gefühl für ihn wieder in die wunderschönen Augen des Mädchens zu blicken. Und als sie genau vor einander standen, schlang Sarah die Arme um Luke und drückte ihn fest an sich.

Sie bewegte sich keinen Zentimeter und blieb fest in Luke verankert bis Byron vom Himmel herabschoss und vor Freude brüllte.

Sarah drehte sich zu ihrem Drachen um und blickte in dessen Klauen. Luke folgte ihrem Blick.

Ein kleines, weißbärtiges Männchen wand sich in Byrons Klauen. Der Zwerg schlug mit seinen kurzen Armen um sich, während Byron ihn schmunzelnd ableckte. Die kleine Gestalt war nur so groß, dass er Luke bis zu seiner Hüfte reichte. Und auch wenn Luke ihn sich anders vorgestellt hatte, erkannte er den Zwerg.

„Du musst seinen Namen nennen und mich ihm überreichen", meldete sich Quixa wieder zu Wort. Luke tat was das Schwert ihm auftrug.

Nachdem der Zwerg Quixa in seinen Händen begutachtet hatte, gab er es Luke mit einer ehrerbietenden Geste zurück. Er beugte sein Haupt vor ihm. Dann fragte er: „Was verlangt ihr?"

„Verehrter Erontonguh, bitte helft uns die so allmächtigen Monster Iloutau und Mazzuca zu besiegen." Luke schaute den Zwerg direkt an, während er sein quasselndes Schwert zurück in die Scheide steckte.

„Ich werde euch dienen Meister Luke. Doch ich verstehe nicht recht. Wie soll ich euch bei der Vernichtung Mazzucas helfen, wenn er doch schon besiegt ist? Ihr müsst wissen, dass Iloutau dem verschlungen Mazzuca die gesamte Kraft entzogen hat. Er ist wieder Thorn! All sein Hass und das Böse in ihm ist aufgehoben. Er ist wieder ein normaler Mensch und versteckt sich im Abras Gebirge."

„Was!" Luke erschrak und konnte im Augenwinkel auch die offenen Münder von Chalypsa uns Sarah sehen. „Ja, so ist es Meister. Wenn ihr euren Großvater jemals sehen wollt, sollten wir uns auf den Weg ins Abras Gebirge machen, bevor Thorn von den Achapen gefunden, gefoltert und getötet wird." Der Zwerg redete noch weiter und bewunderte dabei Lukes Rüstung.

Sarah unterbrach das Geschwätz: „Dann lasst uns keine Zeit mehr verlieren!"

Auf einen lauten Pfiff hin, war Byron startklar und flog los.

Chalypsa, Luke, Sarah und Erontonguh liefen so schnell sie konnten zurück zu dem Ort, wo sie die Pferde zurückgelassen hatten. Lucie und Hermes warteten brav auf ihre Ritter.

Byron hatte unterdessen auch Claradoss herbeigeflogen. Der Zwerg machte es sich hinter Sarah auf dem weißen Hengst bequem.

Dann ritt die Mannschaft los in Richtung Abras Gebirge. Der kleine Mann konnte ihnen den schnellsten Weg nennen.

Unterwegs wurden die drei Freunde von Erontonguh aufgeklärt, was es mit den Carpathen auf sich hatte. Sie waren einst das ritterliche Volk der Achapen gewesen. Doch wegen ihrer Kampfkünste macht Júgger sie zu seinen Untertanen. Er pflanzte ihnen seine Kontrolle ein und bildete sie zu seinen Soldaten aus. Von den Achapen blieb nur noch ein kleiner Teil übrig, der der Unterwerfung entkommen konnte. Diese

Leute würden sich nun im Abras Gebirge versteckt halten.

Luke hatte das Gefühl das die Rückreise schneller verlief als Umgekehrt. Denn bereits nach zwei Wochen waren sie unbeschadet in Packabe angelangt. Der Zwerg hatte wie von Zauberhand immer leckere Speisen bei sich gehabt, die sie täglich genossen hatten. Auch waren weder sie noch ihre Pferde müde gewesen, sodass sie keinen Halt einlegen mussten.

Als sie an der Kreuzung, wo der Fluss „Auf Wiedersehen" ihren Weg kreuzte, angelangt waren, nahmen die Abendteurer diesmal die andere Richtung. Der Weg schlängelte sich zwischen den Bergen hindurch in Richtung der gigantischen Stadt Opbank. Diese lag aber ca. drei Monate Ritt von ihnen entfernt. Zu Lukes Bedauern war Opbank nicht das Ziel ihrer Reise. Nach ein paar Tagen erreichten sich die Talsohle des endlos scheinenden Abras Gebirge.

Von dort an wurde es mit jedem Tag steiler. Schon bald mussten die Rösser ängstlich über rutschige Fels springen. Durch den steilen Anstieg kam die Gruppe auch nur langsam voran. Erontonguh

An einer steilen Weggabelung erklärte Erontonguh seinen Mitreisenden, dass er und Luke ab jetzt alleine weiter ins Abras Gebirge aufsteigen würden.

Chalypsa und Sarah sollten mit den Pferden nach Olvay reiten. Dort dürften sie ein Bekannter von Erontonguh besuchen. Sie sollten nach dem Händler Balsam fragen und ihnen den Namen des Zwerges nennen. Er würde ihnen eine verwöhnende Bleibe geben, wo sie sich gut erholen könnten, während Erontonguh sich mit Luke auf die Suche nach dessen Großvater machen würden.

Die Mädchen willigten sofort erfreut ein. Frustriert realisierte Luke, dass sie für eine Weile getrennte Wege gingen.

Während die Reise der Mädchen witzig und amüsant voranging, durfte Luke mit einem verrückten kleinen Mann und einem Nerv tötenden, magischen Schwert durch ein Gebirge klettern. Immer wieder entdecke er Skelettreste in dem unwegsamen Gelände. Mit der Zeit wurden es immer mehr gruseliger Gegenstände. Einmal erschreckte ihn ein ganzer Totenkopf, der hinter einem Felsen hervorlugte, als Luke diesen passierte. Auch das Wetter war umgeschlagen und lange heftige Stürme wechselten sich mit kurzen, regnerischen Abschnitten ab.

Als sie den achten Sturm hinter sich hatten, erklärte der Zwerg, dass sie das Gebiet der Achapen betreten hatten. Von nun an mussten sie sehr vorsichtig sein. Luke verstand zwar nicht, wieso jedes Volk, dass er kennenlernte, mörderisch veranlagt war. Doch insgeheim empfand er doch einen Teil Spaß auf dieser Reise. Er fühlte sich wie ein richtiger Abenteurer. Er war froh, dass er mit Erontonguh über alles reden konnte, was er wollte und der Zwerg für alles eine Lösung hatten. Sogar Quixa lauscht lieber dem kleinen Mann, als selber zu quasseln.

Bald kamen die zwei ungleichen Reisenden an kleinen Wachposten der Achapen vorbeizog. Luke erfuhr, dass dieses Volk sehr baubegabt war.

Mongolisch gekleidete Krieger standen auf den gut getarnten Holztürmen. Sie hatten scharf gespitzte Pfeile in ihren voll gespannten Bogensehnen.

Lange Bärte verhüllten einen Teil ihre braunen Gesichter. Im Schatten der Felsen und Bäume wirkten sie sehr beängstigend, gar mörderisch. Ihre leeren Blicke glichen denen von Soldaten im Krieg. Als Luke mit Erontonguh durch das Gebiet dieses Volkes zog, konnte er viele Blicke einfangen.

Immer weiter streiften sie an den Lagern der Achapen vorbei, bis eine große Holzmauer vor ihnen emporragte. Mit Quixas Hilfe gelang es Luke einen Spalt in die Holzmauer zu schneiden. Er zerrte ihn in die Breite. Schnell schlüpfte Luke als Erster durch den Spalt. Nachdem er sich durchgezwängt hatte, wurde er von einer hell gekleideten Gestalt zusammengeschlagen. Die Gestalt wurde als Ganzes von einem weißen, Umhang eingehüllt. Sie zog Luke hinter sich her. Luke schaffte es noch einen Blick ins Gesicht des Schlägers zu erhaschen. Es war eine Person die er schon einmal in der Prophezeiung von Oraklia gesehen hatte. Sein Großvater Thron.

Sein Großvater war groß gewachsen und ein kräftiger Mann.

Er zerrte Luke zu den Pferden der Achapen. Dann schmiss er den Jungen auf ein Pferd und ritt einen leicht begehbaren Weg aus dem Gebirge heraus.

Erontonguh war dem Schauspiel, dass sich ihm bot, auf leisen Sohlen gefolgt. Er schnappte sich sein eigenes Reittier und ritt hinter Thorn her.

ANGRIFF DES SCHRECKENS

Nur langsam trotteten Luke und Thorn hinter Erontonguh her, der immer wieder in seinen Schatten eintauchte, um anschließend wieder auf zu tauchen und in unfassbar Schnellichkeit die Hügel seiner Umgebung abritt. „Wir mü... mü...müssen sofort nach Olvay bevor sie ko... ko... kommen!", rief der Zwerg Lukes Großvater zu.

Sie waren gefühlt schon Wochen unterwegs. Dabei streifen sich die scheinbar unendliche Hügellandschaft, die sie umzingelte und nicht freigeben wollte. „Keine sorge Ero, die werden schon etwas brauchen", entgegnete Thorn.

Seit die scheinbar endlose Reise begonnen hatte, wurde kein Wort mehr mit Luke geredet. Nicht einmal sein Schwert sprach mit ihm. „Könnte mich einer bitte mal aufklären!" Langsam hatte Luke genug. Seine Worte schossen wie ein tosender Wasserfall aus seinem Mund. Thorn drehte sich mitleidend zu Luke um. „Es tut mir so leid, was ich getan habe. Bitte verzeih mir Luke.

Ich wollte das nicht. Und ich weiß auch, dass du mich nie als den Großvater sehen wirst, der ich dir gerne wäre. Das erwarte ich auch nicht. Und ich weiß auch, dass ich meine Taten nie wieder gut machen kann. Doch wenn es dich befriedigt, kann ich dir die bevorstehenden Vorkommnisse erklären. Wir sind in Rabais, dem zweiten Land von Júgger. Júgger mag der König von Idea sein, doch mit der Macht seiner Krone hat er sich sein eigenes Imperium erschaffen. Die Heimat der Carpathen und das Land des ewigen Friedens. Jedes Sandkorn in Rabais wird von Júgger beherrscht und kontro...“

Doch Thorn konnte seine Rede nicht vollenden, da Erontonguh sie unterbrach. „Nein, nein, nein! Der Herr von Mazzuca muss ja immer Recht haben, oder?!“ Der Zwerg schrie Thron regelrecht an. Dabei zeigte er auf einen nicht weit entfernten Hügel. Über und über eingepackt in fette, goldene und den ganzen Körper bedeckende Rüstungen und giftgrünen Umhängen, stürmte ein triumphierender Trupp von Carpathen über die Hügel. Sie ritten auf golden glänzenden Pferden.

Die Rösser und die Reiter sahen aus wie hell leuchtende Maschinen, die auf Luke und seine Begleitung zu stürmten.

„Du hast die Wette gewonnen", lachte Thorn zufrieden und klopfte auf den Rücken seines Pferdes. Erontonguh raste so schnell er konnte zu seinem neben Luke trabenden Pferd und stieg auf. Dann ritt er schnell zu Thorn und berührte dessen Arm, den er nicht mehr losließ. Luke verstand die Geste nicht ganz, doch intuitiv machte er es dem Zwerg gleich. Thron blieb einfach stehen und wartete.

Doch die Carpathen ritten immer weiter auf sie zu. Und als sie nur noch eine Armlänge vor Thorn waren, schnipste er mit den Fingern und Luke wurde schwarz vor Augen.

Als er wieder aufwachte lag Luke auf einer Decke in einem Bett. Vor ihm Stand Thorn. „Wo ist Erontonguh?", fragte Luke.

„Wir müssen fort", antwortete Thorn und ging nicht auf Lukes Frage ein. „Was heißt wir? Wo bin ich überhaupt?", stellte Luke die nächste Frage. „Ich und Ero werden wiederkommen. Sobald ihr Loo, den zweiten Zwerg, gefunden habt. Du bist hier in Olvay. Und vergiss niemals Luke. Ich werde immer bei dir sein und dich unterstützen."

Nun schaute Thron seine Enkel richtig traurig an. Luke wurde von einer Welle Mitgefühl erfasst. „Es tut mir so leid", wiederholte Thorn ernst. Er schloss seine Augen und löste sich in Luft auf.

Luke lag wie reglos, aber mit aufgerissenem Mund, im Bett. Ohne groß nachzudenken stand er schnell auf, um kurz darauf wieder mit Schmerzen zurück ins Bett zu fallen.

Als Luke müde aus seinem traumlosen Schlaf erwachte, vernahm er einen gewaltigen Lärm. Wie verrückt wurde gegen die Tür des Zimmers eingedroschen, bis sie laut krachend aufsprang.

Chalypsa steckte fragend den Kopf durch die kaputte Türe und lächelte Luke verlegen an. Luke wollte wieder aufstehen und sie umarmen, doch er wurde von einer bekannten, lieblichen Stimme aufgehalten. „Du bleibst schön liegen, Freundchen", gebot Sarah von draußen, bevor sie hinter Chalypsa in Lukes Zimmer lief.

Mit einem erleichterten Lachen setzten sich die Mädchen auf die Bettkante von Lukes Bett und blickten in seine verquollenen Augen. Durch den

Türrahmen guckte der grinsende Schädel von Byron in das Zimmer und wurde von der kichernden Chalypsa gestreichelt.

„Was ist passiert? Wir warten schon so viele Wochen auf euch! Wo ist Erontonguh?" Lukes Gedanken überschlugen sich. Erwartungsvoll starrte sie ihn an und erhofften sich offensichtlich eine Antwort.

Da vernahm Luke eine ihm mittlerweile gut bekannten Stimme. Quixa schaltete sich ein und erteilte Luke die Bekannten Ratschläge: „Du darfst ihr nichts von den wahren Ereignissen erzählen. Es ist zu gefährlich, sie in die Sachen deines Großvaters hinein zu ziehen!"

Luke sah die Mädchen an und sagte ihnen, dass der erste Zwerg wiederkommen würde, wenn der zweite Zwerg gefunden worden sei.

Thorn erwähnte er mit keinem Wort. Luke fand es gut, dass Sarah die menschliche Existenz seines Großvaters vergessen hatte. Ansonsten hätte er sich so manchen Fragen stellen müssen, und vermutlich noch mehr Schuldgefühle erlitten, die er ohne dies eh schon hatte.

Luke tat die restliche Zeit des Tages so, als wäre er sehr müde und könnte sich an nichts mehr erinnern.

Er wollte seine Geheimnisse für sich behalten.

Und das sollte auch so bleiben, bis sie den Zweiten der Zwerge gefunden hatten.

Denn Zwerg des Berges Qui. Sie würden sehr bald mit der Suche beginnen. Nichts würde Luke davon abhalten können, sein Vorhaben umzusetzen.

Er war fest entschlossen, dass er das, was seine Pflicht war, erfolgreich abschließen wollte.

Es war seine Verantwortung.

Das Schicksal der Zukunft lag in seinen Händen und nur er konnte es beeinflussen.

EPILOG

Thorns Haus war bereits zerstört als der junge Mann dort ankam. Panisch kämpfte er sich durch den zerstörten Innenhof und rannte schnell die Stiege zum Eingang des Hauses hoch. Mit einem lauten Krachen kickte er die schwere Holztür auf und schlüpfte durch den Spalt den sie öffnete. „Lerdo?" schrie Eirik und rannte durch die eingestürzte Halle. „Lerdo wo bist du?" Kurz hielt er inne, doch als er keine Antwort bekam, lief er schnell verzweifelt weiter in den Gang, wo die Schlafzimmer lagen. Da! Eine verbrannte und aus den Scharnieren gerissene Tür lag im Gang. Schnell steigerte Eirik sein Tempo und stürmte in das Zimmer. Denn Anblick den er dort ertragen musste, war der Schlimmste in seinem ganzen Leben. Sein bester Freund Lerdo lag Tod am Boden, neben einem kleinen zweijährigen Kind das seinen Degen an dem Gürtel trug. Eirik vermutete, dass das kleine Kind ebenfalls Tod war, den dessen Gesicht war blau und grün angelaufen.

Mit Tränen in den Augen ging er neben Lerdo in die Knie und legte ihm seine Hand auf die Brust.

Ja, Lerdo war eindeutig tot. Doch was noch viel komischer war, das Eirik spürte, dass Lerdos Seele nicht mehr in dem toten Körper war. Meist verschwand die Seele erst aus einem Körper, wenn dieser verbrannt und bestattet wurde. Schnell überlegte er, was er in seinem Magie Unterricht über Seelentausch gelernt hatte, und erschrak bei dem Gedanken, was Lerdo getan haben könnte. Hastig legte er die Hand auf den Kopf des toten Jungen. Er spürte ganz genau, dass Lerdos Seele in dem Jungen war. Erschrocken sah er, wie der leblose, kleine Körper plötzlich wieder an Farbe gewann. Lerdo hatte seine Seele in den Körper dieses Jungen verpflanzt. Mit siebzehn Jahren war Lerdo deutlich zu jung, um zu sterben, dass wusste Eirik. Und er war ebenfalls erst siebzehn. Ob er sich diese Sachen getraut hätte, wusste er nicht.

Langsam kam der kleine Junge wieder zu Bewusstsein und griff an Lerdos Gürtel, wo sich der Degen befand. „Wie heißt du?", wollte Eirik von dem Kind wissen. „Luke" stotterte dieses. Eirik wusste das er Luke bei sich aufnehmen müsste, denn er hatte die Seele seines besten Freundes in sich. Eirik seufzte leise.

Er murmelte einen magischen Spruch, der dem Jungen die Erinnerung in sein tiefstes Unterbewusstsein verbannen solle. Luke dürfte sich an Nichts mehr erinnern.

Eirik beschloss schweren Herzens den Jungen bei sich aufzunehmen. Er gab sich für seinen Vater aus, denn er wollte nicht, dass der Junge jemals erfahren solle, dass er das Kind von Thorns Sohn war, dessen wahre Identität nicht einmal sein Vater gekannt hatte.

-ENDE DES ERSTEN BUCHES-

Von Ruben Wieland
Die Chroniken der Magier Teil 1

Zeitfracht Medien GmbH
Ferdinand-Jühlke-Straße 7
99095 Erfurt, Deutschland
produktsicherheit@kolibri360.de